君には絶対恋しない。

第一章

梅の花が咲き誇り、桜の蕾《つぼみ》が見られるようになった三月。

西條詩乃《さいじょうしの》は、閑静な別荘地に建てられた母屋《おもや》の書斎から、広い庭を彩《いろど》る梅林を眺めていた。

昨日の夕方から今朝にかけて降り続いた雨がようやく上がり、今は陽射しを浴びた木々がキラキラ輝いて見える。

なんと美しい景色なのだろうか。

「私の話を聞いているかい？」

突然話しかけられた詩乃は、見事な白髪をした男性に顔を向ける。アンティークのデスクで仕事をしているその人こそ、ＫＵＮＩＹＡＳＵリゾートホテル創業者であり、詩乃の雇い主だ。

国安《くにやす》会長は、家族と離れてここ、長野県東信地方で優雅な隠居生活を送っている。とは言っても働いていないわけではなく、地域活性に尽力したり、会社の利になるよう動いたりしていた。

国安会長の個人秘書として住み込みで働き始めたのは、ちょうど一年前の春、詩乃が大学を卒業した年だ。

思い立ったら即行動する性格のため、未だに仕事でミスを犯してしまうこともあるが、二十三歳になり、ようやく落ち着いて対処できるようになった。

国安会長や須田《すだ》という顧問の指導を受け、自分を律する術《すべ》を覚えたからだ。

もちろんまだ甘い部分があるが……

自分の未熟さに詩乃は思わず眉間を寄せてしまうが、すぐに笑みを浮かべて国安会長に頷いた。

「はい。現在群馬県入りされている経営企画部の嶋田《しまだ》さんに、電話をかける件ですよね？　このあと連絡を入れ、会長と合流するようにお伝えします。ほのぼの市場イベントにて、営農組合の新田《にった》さまに引き合わせたいという旨も同時にお知らせしておきますね」

「そうしてくれると有り難い。そのイベントだが、須田くんだけを連れて出る。君は母屋《おもや》で待機しておくように。私が戻って来るのは遅くなるから十七時で仕事を終えなさい。いいね？」

国安会長が意味深に片眉を上げて、詩乃に念を押す。

いつもなら、須田だけでなく詩乃も一緒に連れて行くが、今回に限って留守番させるのはいったいどういう理由があるのだろうか。

しかし、国安会長の意図を一介の秘書が推し量るのは難しい。そのため、詩乃は素直に「わかりました」と答えた。

国安会長は満足げに口元をほころばせて、もう行っていいと手を振って合図を送る。

「失礼いたします」

詩乃は頭を下げ、書斎をあとにした。

スタッフが詰める管理室に向かう途中で、詩乃は出勤してきた須田顧問とばったり出くわす。

六十代で三つ揃いのスーツをびしっと着こなすその姿は、とても素敵だ。貫禄のある国安会長と並んでも引けを取らない。

「おはようございます」

詩乃がすかさず笑顔で挨拶《あいさつ》すると、須田顧問の表情が和《やわ》らいだ。

「おはよう。会長はもう書斎かな？」

「はい。既に仕事を始めておられます」

「わかった。私も急ごう。じゃ、またあとでね」

片手を上げて歩き出す須田顧問を見送ったのち、詩乃は再び歩き出すが、窓に映る自分の姿が目に入り思わず立ち止まった。

今朝は、ツイードの膝丈スカートにタートルネックのセーターを合わせ、パールのアクセサリーで胸元と耳朶《じだ》を飾った。緩《ゆる》やかに巻いた髪はハーフポニーテールにし、背中に垂らしている。

一六二センチの細身体型のせいでそれほど豊満には見えないが、丸みを帯びたEカップの乳房が女性らしさを強調させ、レッドローズ色の口紅を塗った唇が可憐《かれん》な印象を与えていた。

秘書として見合った恰好はしているが、それは外見だけでも落ち着いて見えるように心掛けたせいだ。

気を付けるべきところは、外見ではなく内面なのに……

小さくため息を吐いた詩乃は、気持ちを切り換えて先を急いだ。管理室でスタッフを統括する宮《みや》崎《ざき》に今日の連絡事項を告げ、嶋田に連絡を入れた。

午後になると国安会長と須田顧問を送り出し、母屋《おもや》の周囲や庭園を見回り始めた。別荘で働くスタッフは十数人で、通いで来る者もいれば住み込みの者もいる。そんな彼らと話をしては、国安会長に指示を仰《あお》がなければならない事案をまとめていった。


深い闇が広がり、静寂に包まれた二十四時を過ぎた頃。

国安会長が帰宅するのと同時に、家政婦が動き出す音が聞こえた。詩乃は自室のベッドに寝転がり、その気配を感じながら瞼《まぶた》を閉じていたが、一向に眠りは訪れない。

一時間経っても目が冴《さ》えていた詩乃は、仕方なくネグリジェの上に綿入れのガウンを羽織り、ベッドを下りて窓際に寄った。

ライトアップされた梅林は、まるで絵画のように美しい。

見事な景色に心が和《なご》むも、初めてこの光景を眺めた時の記憶が甦《よみがえ》ったせいで憂鬱《ゆううつ》になってきた。

ここへ来た〝本来の目的〟を思い出したためだろう。

「そっか……妙に心がざわついて眠れないのは、あれからもう一年経つからなのね」

本来の目的——それは、KUNIYASUリゾートホテルの御曹司のフィアンセ候補から外れることだ。

詩乃の実家は、京都府で慶応元年から続く老舗《しにせ》呉服屋を営《いとな》んでいる。しかし、十数年前に経営難になり、店を畳む寸前にまで陥《おちい》ってしまった。

それを助けてくれたのが国安会長だった。

古きものや伝統を大切にする国安会長の考えに感銘を受けた父は、この人の家族に娘を託したいと思い、幼かった詩乃を彼の孫にと差し出した。

国安会長は、孫の一人である国安遥斗《はると》のフィアンセにしようと約束をしたらしい。

大学時代にその話を聞いた詩乃は卒倒しそうになった。でもそうならなかったのは、父が遥斗にはフィアンセ候補が他に二人もいると話してくれたためだ。

そこで、あえて本名の西條姓ではなく母方の大峯《おおみね》姓で面接を受け、国安会長の懐《ふところ》に飛び込んだ。彼の一言でフィアンセ候補を追加できるなら、詩乃を外すことも簡単だろうと思い行動に移した。

しかし、上手くはいかなかった。フィアンセ候補の誰かが訪れたら、素知らぬ顔で彼女たちを推そうと考えていたのに、遥斗どころかフィアンセ候補たちも現れないとは……

当初の目論見《もくろみ》が外れてしまった詩乃は、とうとうそれとなく跡取りの結婚話を口にした。でもその都度さらりとかわされてしまい、今では話題にすらできない。

どうしよう。このままだと本来の目的を達成できない。

詩乃は唇を噛み締め、諦めそうになる気持ちをすぐに頭の中から振り払う。

「やめやめ！」

明日の仕事に備えてもう眠らなければならないのに、自分で気を昂《たかぶ》らせてどうするのか。

まだ一年しか経っていないのよ。根気よく耐えれば、きっとフィアンセ候補という枷《かせ》から逃れられる——と自分に言い聞かせていた時、スマートフォンの通知音が鳴り響いた。これは会長専用のものだ。

こんな時間に連絡を入れるなんて、何かあったのだろうか。

詩乃は急いでベッドに戻り、スマートフォンを手に取った。

「……えっ？」

そこには〝明日書斎へ来る際、離れにある事業計画ファイルを取ってきてほしい〟とあった。

離れとは、国安会長が敷地内に建てたもう一棟の別荘のこと。母屋《おもや》から距離があるものの、防音設備がしっかりしているため、彼の孫たちは成人するまでよくそちらに泊まって遊んでいたらしい。

しかし社会人として働く今は、別荘を訪れてもほぼ日帰りするのでなかなか泊まらない。それもあって、離れは書庫と化していた。

詩乃は月一ぐらいでそこに入って書類の整理をするので、時間をかけずに目的のファイルを探し出せるだろう。明日の朝一番で取りに行き、その足で書斎へ向かえばいい。

そう思うのに、いつしか詩乃の目は離れがある方角へ引き寄せられていた。

「今夜のうちに取りに行こうかな」

どうせ眠れないのなら、先にファイルを取りに行くのもいいかもしれない。

それに、国安会長は仕事で帰宅が遅くなった場合、翌日は早い時間帯から働く習慣がある。つまり明日もそうする可能性が高い。

だったら今夜中に用意をして、明日の朝は早く出勤できるようにした方が断然いい。

詩乃は動くことを決めると、スマートフォンをベッドに置いて準備を始めた。セキュリティカードにもなっている身分証をポケットに入れる。

意気揚々と部屋を出ようとした瞬間、姿見に映る自分が目に入り立ち止まった。

緩《ゆる》やかに巻いた長い髪を乱雑に後ろで結び、身体のラインが見えない綿入りのガウンを着た不恰好な姿に、思わず噴き出してしまう。

こんな姿で母屋《おもや》を歩いていたら、皆になんと言われるか。でも、住み込みで働いているスタッフたちは既に床《とこ》に就いている時間なので、誰かに見咎《みとが》められる心配はない。

詩乃は悪戯《いたずら》を楽しむ少女のように声を潜《ひそ》めて笑い、自室をあとにした。

予想どおり、母屋《おもや》は静まり返っている。

なるべく物音を立てずに廊下を進み、管理室に向かった。

身分証を使い、制御盤から離れのカードキーを手に取る。アクセス記録をたどれば、誰が制御盤を開けたか判明するが、念のためにデスクの上にメモを置いて母屋《おもや》を出た。

「ううっ、寒い！」

三月に入って日中の気温は上昇してきたが、別荘地は山間にあるため朝晩はものすごく冷える。あまりの寒さに顔をしかめた時、冷たい風に乗って梅花の香りがふわっと漂《ただよ》ってきた。

途端、頬の筋肉が緩《ゆる》んでいく。

この匂いをいつまでも嗅《か》いでおきたいと思いつつ、詩乃は梅林を隔《へだ》てた離れへ続く回廊を急ぎ足で進む。

数分後には離れに到着した。

「こんなに素敵な離れなのに、今は誰も泊まらないなんて勿体《もったい》ない」

母屋《おもや》の荘厳さとは異なり、隠れ家的な洋風ログハウス。

軒《のき》がテラスまで覆うカバードテラス、陽光を取り入れるために作られた大きな窓、そして屋根裏部屋の造りなどは、どれも素敵だ。

詩乃はうっとりしながら階段を上がり、管理システムにカードキーを触れ合わせて鍵を開けた。

室内に入った数秒後、玄関に照明が灯《とも》り、小さな警告音が鳴り響く。数十秒以内に暗証番号を打ち込まなければ電子ロックがかかり、セキュリティ会社に通報される仕組みになっていた。

そうなる前に、早く暗証番号を打ち込まないと……

急いで解除しようとした時、部屋の奥で床を踏み締めるような小さな音がした。

何気なく目線をそちらに移した瞬間、詩乃の目に上半身裸の男性が飛び込んできた。

驚愕のあまり、心臓が一瞬止まりそうになる。同時に手の力が抜け、カードキーがするりと足元に落ちた。それを拾えないほど、男性から目を逸らせない。

水泳選手のように見事な肉体美を持つ男性は、気怠《けだる》げな様子で腕を組み、大きな柱に凭《もた》れていた。にもかかわらず、詩乃に向ける眼光は鋭く、それだけで空気がピリピリする。

叫んで牽制しなければならないのに、舌が喉の奥に引っ付いて声が出ない。

しかし、この状況で不利なのは詩乃ではなく、勝手に離れに侵入し、衣服を脱いでリラックスしている目の前の男性だ。

詩乃は渇いた口腔《こうこう》をなんとか唾で潤《うるお》し、声を振り絞った。

「あなた、誰⁉」

「それを君が言うのか？」

静寂な空気を破る深い声音に、背筋がぞくぞくする。それを振り払いたくて、詩乃は身体の脇で握り拳《こぶし》を作り、顎《あご》を上げた。

「ど、泥棒のくせに、いい度胸ね。わたしには訊ねる権利が――」

凄《すご》みを利かせて反論しようとする詩乃に、男性がゆっくり片手を上げた。

「何⁉」

詩乃は乱暴でもされるかと思い、反射的に足を後ろに引く。

けれども男性は何もせず、ただ天井を指しただけだった。その意味がわからず、指先を追って吹き抜けのそこに目を向ける。

しかし、変わったところはない。

「わからないのか？」

「えっ？」

そう問いかけるや否や、部屋中に警報音が鳴り響き、赤いランプが点滅し始めた。その間隔がどんどん狭まっていく。

警告アラームだとわかった途端、男性が伝えたかった内容を悟る。

「セキュリティ！」

詩乃はすぐさまパネルと向かい合うが、既に遅かった。

このままではセキュリティ会社から母屋《おもや》に緊急連絡が入り、眠っている皆を起こしてしまう！

パニックになる詩乃を尻目に、男性が動き出した。彼は慣れた様子で固定電話の受話器を取り上げ、どこかへ連絡する。

「すみません、私は国安遥斗と申し――」

「国安遥斗!?」

驚きのあまり叫ぶ詩乃を、男性がじろりと睨《にら》む。

詩乃は慌てて口を閉じて大人しくするも、男性をこっそり窺《うかが》わずにはいられなかった。

泥棒だと思っていた男性――遥斗は、どうやらセキュリティ会社に連絡しているようだ。暗証番号を打てなかった事情などを説明するのが聞こえる。

そんな遥斗を見ながら、詩乃は頭を抱えたくなった。

国安会長のデスクには家族写真が飾られており、詩乃も目にしていた。

どうして、遥斗の顔をすぐに思い出さなかったのか。詩乃が国安会長の懐《ふところ》に飛び込まざるを得なかった元凶御曹司、国安遥斗の姿も見ていたのに……

家族写真から、遥斗がモデルみたいに恰好いいのは認識していた。でもまさか、これほどとは思っていなかった。退廃的な雰囲気を漂《ただよ》わせていても、その姿に目が引き寄せられるのを止められない。

現在は二十八歳の遥斗は、リバースショートの髪にパーマをかけている。ゆうに一八〇センチを超すほど背が高く、体躯《たいく》も引き締まって見事だ。

キリッとした目、真っすぐな鼻梁《びりょう》、そして薄い唇を持つ遥斗は一見冷酷な感じにも見える。一方で、ほんの僅《わず》か唇の端が上がるだけで印象が和《やわ》らぎ、優しげな男性へと変貌する。

今まさにそうだった。深刻そうに話しつつも、相手の話の途中でふっと唇が緩《ゆる》むと、周囲の気温が上昇したように感じる。

この人が、国安会長が期待する孫であり、詩乃が結婚するかもしれない御曹司。

ウェディングドレスをまとった自分が遥斗の隣に立つのを想像してしまい、一瞬にして鳥肌が立った。詩乃は堪《たま》らず我が身に腕を回し、何度もそこを擦《さす》る。

「では、それでお願いします」

そう言って通話を終わらせた直後、今度は別の部屋で違う呼び出し音が響いた。

遥斗は詩乃に一瞥《いちべつ》もくれず、奥へと歩いていく。

「ちょっ、待って……!」

遥斗を追うが、彼がマスターベッドルームに消えたため途中で尻込みしてしまった。

詩乃はフィアンセ候補の一人。自分から彼のプライベート空間に足を踏み入れるのは止めるべきだ。

親密になりたいのではなく、関わりたくないと思っているのだから……

しかし、今は緊急事態。まずは、それを解決する方が大事だと思い直す。

とはいえ、国安会長の秘書としての立場を忘れてはならない。一線を越えないように気を付けて、ドアの直前で立ち止まった詩乃は、そこから室内を覗《のぞ》いた。

「国安、さん?」

途端、暖かな空気がふわっと流れてきた。

部屋に置かれた暖炉を見ると、そこでは火が踊り、薪《まき》が爆《は》ぜていた。

ああ、冷えた身体を温めたい——そんな風に思う詩乃の前で、遥斗がキングサイズのベッドからスマートフォンを拾い上げる。

「もしもし。……はい、私です。そちらに届け出ているデータの確認が取れて良かった。……ええ、この時間ですから母屋《おもや》への連絡は遠慮していただけますか？」

再びセキュリティ会社と話しているみたいだ。本来なら母屋《おもや》へ確認の連絡が入るが、時間が時間なため、遥斗の権限で止めている。

すぐにセキュリティ会社に身分照会を求めるとは、なんて頭の回転が早いのだろうか。

もしかして、こういう経験が昔あったとか？

詩乃がそんな風に考えていた時、今まで鳴り響いていた警報音が消える。

「今、消えました。お手数をおかけして申し訳ありません。……はい、それでは失礼します」

遥斗はそう告げると電話を切り、スマートフォンをベッドに放り投げた。

その音にハッと顔を上げると、ゆっくり振り返った遥斗に鋭い目つきで射貫かれる。

「さて、俺の眠りを妨げ、いらぬ厄介ごとを負わせたお前は誰だ？」

威圧的な態度に気後《きおく》れしそうになるも、詩乃は国安会長の個人秘書として従順に頭を下げた。

「この度はご迷惑をおかけしてしまい、大変申し訳ございませんでした。わたしは国安会長の個人秘書、大峯詩乃と申します」

「祖父の個人秘書？　君が？」

「はい」

素直に頷く詩乃を観察しながら、遥斗がベッドに腰掛けた。

「俺の知らない、祖父の個人秘書ね……」

「一年前に採用されてこちらでお世話になっていますが、その間にお孫さんの国安さん……えっと、遥斗さんとはお会いしたことがないので当然だと思います」

「ふーん。それで、祖父の個人秘書が離れに来た理由は？　しかもそんな恰好で。もしかして、スタッフの誰かと密会するために、この建物を使っていたのか？」

「密会⁉」

想像すらしなかった言葉に、詩乃は唖然とする。

いったい同僚の誰とここで密会するというのか。

詩乃はバカバカしいとせせら笑う。しかし、すぐに態度を改めるように背筋を伸ばした。

「明日の朝に必要な書類が、こちらに置いてあるんです。それを持ってくるようにと、国安会長の指示を受けました。もし遥斗さんが滞在していると伺っていれば、夜にお邪魔する真似は決してしませんでした。本当に申し訳ございません。書類を引き取り次第、失礼いたします」

「どこへ行くと言うんだ？」

呆れ気味に言い放った遥斗は、気怠《けだる》い仕草で乱れた髪を掻き上げた。

「スタッフなら、セキュリティの仕組みを知っているはずだ。一度ロックされれば、離れにいる人物では解除ができない。母屋《おもや》にいる誰かに頼むしかないと」

遥斗の言うとおり、母屋《おもや》の誰かにパスワードを打ち込んでもらわない限り、電子ロックは解除されない。

もし泥棒と遭遇して閉じ込められた場合は、別の部屋に逃げ込んでロックをかけ、セキュリティ会社か警察を呼べばいい。そうすることで、契約者を介さなくても安全に脱出できる。

しかし普通にセキュリティの解除に失敗した時に開けられるのは、契約者の承諾を得たセキュリティ会社か、パスワードを知る母屋《おもや》のスタッフたちのみだ。

結局のところ、頼めるのはスタッフだけになる。就寝中の彼らを起こしたくないが、この非常事態を知ればきっと許してくれるに違いない。

「はい。ですので、同僚に連絡をします。解除をしてもらい――」

そう言って、ポケットを探る。しかし、そこにあるはずのものがなかった。

嘘、……スマートフォンがない！

詩乃はポケットを叩いてはあたふたと視線を彷徨《さまよ》わせ、記憶をたどり始めた。

そこで、身分証だけをポケットに入れて、自室を出たのを思い出す。

「わたし、いったい何をやってるの？」

詩乃は小声で自分を叱咤《しった》し、唇を噛んだ。

「スマホがないと、やっと気付いたか」

「えっ？　〝やっと気付いた〟って……どうしてわかったんですか？」

目を見開く詩乃に、遥斗はそれぐらいわからないのかと言わんばかりに鼻を鳴らした。

「ポケットにスマホを入れていれば、重みで生地が引っ張られるはず。なのに、そういう風には見えなかったからな。それでどうする？　母屋《おもや》に電話をかけて、祖父も含めた皆を叩き起こすのか？」

詩乃は静かに頭を振った。

離れにある固定電話機には母屋《おもや》の代表番号が登録されているので、誰かを起こすのは可能だ。でもそうすれば、母屋《おもや》中にコール音が響き渡り、国安会長の眠りまで妨げる可能性がある。

自分の失態で雇い主の睡眠を削るなど、言語道断だ。

ならばどうしようかと考えていると、痺《しび》れを切らしたかのように、遥斗がため息を吐く。

「では、どうする？」

遥斗に訊ねられ、詩乃は目線を逸らした。

「どうするって……あっ！」

あることを思い出し、遥斗に顔を向けた。

「遥斗さんのスマートフォンを貸していただけませんか？　ここで働くスタッフの一人ぐらいは、番号を入れてますよね？」

「ああ、一人だけ入れてある。……須田顧問の番号ならな」

そう言われて、詩乃の儚《はかな》い望みは崩れ去った。

須田顧問は住み込みではなく通いなので無理だ。それに、そもそも自分の失態で年配の男性を未明に起こすなんて問題外。

結局のところ、陽が昇るまでここに留まる他ない。

つまり、詩乃は遥斗と二人きりで一夜を過ごすと……

その事実が脳に浸透していくにつれて、詩乃の顔から血の気が引いていった。

よりにもよって、一番一緒にいたくない人物とだなんて！

緊張と不安で、自然と身震いが起こる。それを抑えるために身体に力を入れ、両手をぎゅっと握り締めた。

「お休みのところ、本当に申し訳ございませんでした。……あの、遥斗さんにはご迷惑をおかけしませんので、明け方までこちらにいさせてくださいませんか？　スタッフたちが動き出す頃にロックを解除してもらいますので」

「そうするしかないな。じゃ、もう寝よう。車を走らせてきたせいで疲れてるんだ」

遥斗がベッドに横になるのを見て、詩乃はくるっと身を翻《ひるがえ》した。

「失礼します！」

「どこへ行く？　二階の客室か？」

遥斗に声をかけられて、詩乃は一歩足を踏み出したところで、動きをぴたりと止めた。

「いいえ。二階もロックされてしまったので、リビングルームのソファをお借りします」

「リビングルーム？　そんなところへ行かず、ここで寝たらいい」

「ここ？」

恐る恐る振り返る詩乃に、遥斗がベッドの隣を叩いた。

「ベッドは広いんだ。大人三人でも横になれる」

「いいえ！　……わたしは遠慮いたします」

「風邪をひいてもいいのか？」

「どうぞご心配なく。身体は丈夫なので……。おやすみなさい」

詩乃は国安会長に接する時と同じく慎ましやかに答え、ドアを閉めた。

途端、冷気が肌に刺さってぶるっと震える。

「寒い！」

暖炉で温められた部屋に入りたい気もするが、そこに一歩足を踏み入れたら遥斗と同じベッドで寝ることになってしまう。

そんなのは、絶対にお断りだ。

あと数時間も経てば、スタッフたちが起き出す。それまで耐えればいい。

詩乃は寒さを凌《しの》ぐため、ソファにあるクッションを一ヶ所に掻き集めて簡易ベッドを作ると、そこに潜《もぐ》り込んだ。

だが、一向に身体が温まる気配はなかった。

仕方なく下肢を擦り合わせたり、冷たい手に息を吐きかけたりして暖を取ろうとするが、そうすればするほど身体が冷えていく。

目を瞑《つぶ》って辛抱しようにも、気温が下がるにつれて空咳が出始めた。

こんな状態で眠れるわけがない。

「早く時間が過ぎて、朝になって」

そう呟《つぶや》いた瞬間、ドアが開く音が響いた。

遥斗が洗面所へ行くのかと思いきや、足音はどんどん大きくなり何故かこちらに近づいてくる。足音が背後で止まるものの、遥斗は何も言わない。ただ、詩乃の顔を見入っているのがなんとなく肌で感じられた。

しばらく眠ったフリをして我慢していたが、見られている間隔が長くなればなるほど、瞼《まぶた》がぴくぴくし出す。

お願い、早く部屋に戻って！　――そう心の中で祈った時、背後で大きなため息が聞こえた。

「つたく、意地っ張りな秘書だな」

刹那《せつな》、詩乃の身体がふわっと浮き上がった。頭が揺れて、眩暈《めまい》に似た症状に襲われる。

「きゃっ！」

「ほら、起きてる」

詩乃は何度も瞬《まばた》きをして、間近に迫る遥斗に目を凝らした。彼の吐息が頬に当たる距離に戸惑うものの、彼の体温を感じるだけでどんどん思考が鈍り始めた。さらに身体の芯がふにゃふにゃになっていく。

温もりに包まれるのが、これほど心地いいものかと思うほどに……

けれども、相手は遥斗。こんな風に心を許してはいけない。

「あの、遥斗さん」

遥斗に声をかけた時、暖かな空気を感じてハッとなる。彼は、マスターベッドルームに詩乃を連れて来たのだ。

詩乃は、戸惑いながら遥斗の肩を軽く叩く。

「下ろしてくだ――」

「ああ、下ろしてあげよう」

そう言って詩乃を座らせた場所は、シーツが乱れたベッドだった。

詩乃は慌てて下りようとするが、そうする前に遥斗に背後から抱きつかれてしまう。

「何を！」

遥斗を手で押しのけるものの、彼はあろうことか詩乃が身に着けた綿入りガウンの紐を解いた。

「ちょっ……やめて！」

拒む間もなく簡単に脱がされ、身体のラインが露《あら》わになるネグリジェ姿にされてしまった。

途端、背後にいる遥斗が息を呑んで動きを止める。

恐々と振り返ると、遥斗の目線が詩乃の胸元に落ちていた。ネグリジェのパイル地がたるみ、乳房が覗《のぞ》いているではないか。

恥ずかしさのあまり、詩乃の顔が一気に熱くなる。

「離してください！」

詩乃は生地を掴《つか》んで胸元を隠し、ベッドを下りようとした。ところが先に素早く動いた遥斗の腕が腰に回され、無理やりベッドに押し倒される。

「は、遥斗さん！」

詩乃が必死に手足をばたつかせるが、遥斗はものともしない。それどころか、彼は片脚で詩乃の下肢を挟んで押さえ込む。

「ちょっ、何をするんですか！」

「最初からここで寝ればいいものを……。君が咳をするたびに、俺が眠れなくなる」

「わたしの咳がここまで聞こえて？」

「ああ。そのせいで、俺も眠れなくなったんだぞ」

「すみません……」

素直に謝るも、詩乃の心中はここで譲歩したくないという思いでいっぱいだった。

誰が好んで雇い主の孫とベッドに入るというのか。しかも相手は、詩乃がここに乗り込む羽目になった元凶御曹司。

特殊な事情があるため、尚更遥斗の言いなりにはなれないというのに……

だからこそ、詩乃はなんとかして遥斗の腕の中から逃げようと、もう一度お願いすることにした。

ほんの僅《わず》か首を回して背後の遥斗を窺《うかが》う。

「遥斗さん。やっぱりベッドではなく、そこのカーペットの上で寝ます」

「ここで寝ろ。俺を煩《わずら》わせるな」

「ですが、わたしは会長の秘書で、遥斗さんはお孫さんです。こういう状況は許されません」

「静かに。俺を煽《あお》るな。……本当に眠いんだ」

「であれば、わたしがいない方がよく眠れますよね？　さっさとベッドを下り――」

「詩乃。俺の我慢が利かなくなって君を襲う前に、早く寝ろ！」

まるで地を震わせるような冷たい声に、詩乃は瞬時に遥斗の腕の中で縮こまった。

「はい、寝ます」

小声で囁《ささや》き、慌てて目をぎゅうっと閉じる。

遥斗がどこまで本気なのか見当もつかないが、その声音からは詩乃への興味は感じない。ただ、苛立ちを露《あら》わにしている今は、逆らわないのが一番いいとわかっていた。

それでなくても遥斗は眠りを妨げられて、機嫌が悪いのだから……

詩乃は上掛けを握り、音を立てないように気を付けて引っ張り上げる。そこに顔を埋《うず》めて耐えているも、急に空咳が込み上げた。

「……ゴホッ」

直後、腹部に回された遥斗の手に力が込められて、詩乃は目を見開いた。

「寝るんだ」

こんな状況でわたしが眠れるとでも？　――そう言いたいが、口に出せばまた遥斗の怒りを煽《あお》る羽目になる。詩乃は返事をする代わりに頷き、唇を強く引き結んで瞼《まぶた》を閉じる。

そうしてしばらくじっとしていると、強張《こわば》っていた身体から次第に力が抜けていく。

遥斗の温もりに包まれたせいか、それとも薪《まき》の爆《は》ぜる音に心が休まったせいなのか。

知らぬ間に呼吸のリズムも平常に戻り、いつしか詩乃は深い眠りに落ちていったのだった。

＊＊＊

梅林の方から聞こえる、鳥のさえずり。

心地いい鳴き声に揺り動かされて、詩乃は静かに眠りから覚めた。

「うーん」

早く起きて、仕事に行く準備をしなければ――そう思った時、何かがおかしいと気付く。

いつもなら簡単に動く身体が、今日に限って寝返りを打てない。何かが身体に伸し掛かっていた。

しかも、リズミカルな風が頬をくすぐる。それらは全て、普段なら決して感じないものだ。

自分の身に起こっていることを確認しようと、詩乃は重たい瞼《まぶた》を押し開けた。

寝起きなのもあって焦点が定まらないものの、それでも必死に目を凝らす。すると、眠っている男性の顔が真正面に飛び込んできた。

えっ、男性？　この人いったい……誰!?

驚愕のあまり悲鳴を上げそうになるが、その男性が誰なのかわかるなり、出かかった声を呑み込んだ。

「ううん……」

詩乃が起きたと察したのか、遥斗が呻《うめ》いて眉間に皺《しわ》を寄せる。けれども、再び寝息を立て始めた。

詩乃は詰めていた息を吐き、静かに遥斗の腕の中から抜け出す。

着てきたガウンを拾い上げ、遥斗を起こさないように抜き足差し足でマスターベッドルームを出た。リビングルームで立ち止まり、肩越しに振り返る。

遥斗が起きて追ってくる様子はないかと耳を澄ましたが、その気配はなかった。

「良かった！」

詩乃はホッと胸を撫で下ろす。しかし、遥斗に抱かれて眠ってしまった経緯を思い出し、頭を抱えたくなった。

どうして気を抜いてしまったのだろうか。

しかし、その理由を考える時間はない。早くここから出なければ……

自分を立て直した詩乃は、ガウンを羽織って電話機が置いてある場所へ移動した。

まずそこにあるメモ用紙を使い、遥斗へ〝昨夜はご迷惑をおかけして申し訳ございませんでした。お疲れのご様子なので、ごゆっくりお過ごしください。お先に失礼いたします〟と書き残す。そして、彼がリビングルームへ入った時に一番目につきやすいと思われるテーブルの上に、それを置いた。続いて、セキュリティロックを解除してもらうため、母屋《おもや》に電話をかけようとする。

その時、偶然にも呼び出し音が鳴った。

コール音が一回鳴り終わらないうちに、受話器を取り上げる。

「もしもし」

『もしかして、大峯さん？』

聞こえてきたのは、野太い男性の声。スタッフを統括する宮崎の声だ。

「はい、大峯です。わたしも今、母屋《おもや》に電話をかけようと思っていたところだったんです」

喜びを隠し切れないせいで早口になり、声が大きくなる。でも遥斗の存在が頭を過《よぎ》り、途中から声量を落とした。

『良かった！　デスクの上に置かれたメモと、戻っていないカードキーを見ておかしいなと思ったんだ。やっぱり離れに閉じ込められてたんだね。すぐに僕に連絡してくれれば、ロックを解除できたのに。そういえば、セキュリティ会社から母屋《おもや》に連絡がなかったな……』

遥斗がセキュリティ会社に連絡してくれたおかげだ。

けれどもそれを説明すれば、遥斗と一夜を過ごした件が露見してしまう。

詩乃は、ひとまずロックの解除をお願いして受話器を下ろした。十数秒後に警告音が鳴り響き、急いで暗証番号を打ち込んでロックを解除する。

あとは、資料を取るだけ……

書棚にある目的のファイルを探すと、早々に離れを飛び出した。

詩乃は朝の清々《すがすが》しい空気を吸い、燦々《さんさん》と輝く太陽の陽射しを一身に浴びる。まるで閉じ込められた洞窟を抜け出せたような、そんな幸せな気持ちに包まれた。

しかし、その場で立ち止まっている余裕はない。

詩乃は昨夜来た道を走り、自室へ戻った。

簡単にシャワーを浴び、身なりを整えていく。

昨日と似たような服装だが、シックに見えるようにグレーチェックのミディ丈スカートと黒色のセーターを組み合わせ、パールのアクセサリーで飾った。緩《ゆる》やかに巻いた髪は、いつもと変わらずハーフポニーテールにする。

鏡に映し出されたのは、綿入りのガウンを身に着けた不恰好な女性ではなく、人前に出ても大丈夫な女性の姿。

これで遥斗さんの記憶から、ベッドにいたわたしの姿が掻き消えますように——と祈りながら、詩乃は自室を出た。

シェフ、家政婦頭、その他のスタッフたちとすれ違うたびに挨拶《あいさつ》し、東側に面した日当たりのいい書斎へ向かう。そしてドアをノックして「大峯です」と伝えた。

「入りなさい」

「失礼いたします」

詩乃は書斎に入り、アンティークの大型デスクで仕事をする国安会長の傍に立つ。

「おはようございます。昨夜、ご連絡いただいた資料です」

国安会長の前に置き、素敵な雇い主をそっと窺《うかが》った。

当然ながら若い頃の姿は知らない。でも温和な目元、笑い皺《じわ》、相手の心を和《なご》ませる話し方などから、いろいろな女性にモテていたことが窺《うかが》える。

ここに就職したのは必要に駆られてだったが、今ではこの仕事を楽しんでいる。スタッフたちの雰囲気もいい。

詩乃は口元を緩《ゆる》めて、今日のスケジュールを説明し始める。

「午後ですが、十四時には役場の地域担当者が来られ、十六時からは本社で定例会議が行われます。その後、佐久野《さくの》ワイナリーの佐久野社長と会食になります」

「今夜のレストランはどこかな？」

「地産地消を売りとする、フレンチレストラン〝ベイジープレ〟です」

「ああ、あそこか！　いいね……。先方に、もう一席増やすよう伝えてくれるかな？」

「承知いたしました。本日のスケジュールは以上になります」

締めの言葉を告げた詩乃に、国安会長がデスクの上にあるファイルを差し出す。午前中に、国安会長が手を入れた資料をチェックしろという意味だ。

詩乃がそれを受け取って顔を上げると、国安会長は楽しげな様子で片眉を上げた。

「スケジュールはね。……他にも伝える件があるだろう？　離れで起こった件だよ」

詩乃は内心ドキッとするもそれを表には出さず、国安会長と目を合わせる。

こちらを見る国安会長の瞳は加齢もあってやや濁《にご》っているが、力強さや好奇心の輝きは失われていない。

こういう風に元気旺盛なところが、好きなのだ。

「相変わらずよくご存知ですね」

「そうでなければ、会長職など務まらん。隠居の身でありながら、本社の内情を知る手立てもあるのに、この敷地内で起きたことに気付かないわけがない」

得意げに鼻を鳴らして恰好をつける国安会長の仕草がおかしくて、詩乃は頬を緩《ゆる》めた。

多分、宮崎がセキュリティの件を国安会長に報告したのだろう。スタッフたちは、どんな些細《ささい》な出来事であっても、雇い主への報告を怠《おこた》らないからだ。

「会長が面白がる話ではありませんよ。昨夜ファイルの件で連絡を受けたあと、朝まで待てずに離れに行ったんです。でもセキュリティの罠にはまってしまい、それで今朝宮崎さんに対応いただきました」

詩乃の説明に国安会長は豪快に笑い、デスクに肘を突いて顔を覗《のぞ》き込んできた。

「詩乃らしい……ざっくりとした説明だね。必要な箇所が抜けてるぞ」

国安会長が大型の箱でも持つような手の形を作り、〝ここからここまでの部分な〟と示す。

まさしくそれは、詩乃が打ち明けていない時間帯だ。

「会長。そこは私的な部分ですので――」

「だったら俺が話そう」

瞬間、背後から深い声が響き、詩乃の心臓が勢いよく跳ね上がる。慌てて振り返ると、そこにはほんの数時間前にやり合った遥斗が立っていた。

母屋《おもや》を訪れるのはわかっていたが、まさかこんなにも早く起きて来るなんて……

ダークスーツにストライプのネクタイを締めた遥斗の姿を、詩乃はまじまじと眺める。

初めて会った時の退廃的な雰囲気とは一変、身なりを整えた遥斗の佇《たたず》まいは凛《りん》としていた。男性的な色香と、孤高の男らしさが滲《にじ》み出ている。

そういう遥斗に惹かれる女性は、きっと多いに違いない。

それぐらい詩乃にもわかる。

遥斗には、フィアンセ候補など不要だというのも……

「どれだけ観察したら気が済むんだ？」

低音の声で凄《すご》まれて、詩乃は我に返る。

秘書らしからぬ不作法さを注意された気がして、一気に頬が上気していった。でも遥斗の言葉で、彼も同じく詩乃を見つめていたとわかる。

自分だって会長の個人秘書を見定めていたくせに——と、近寄ってきた遥斗に目を向けると、彼が〝何が言いたい？〟と言わんばかりに片眉を上げた。

途端、国安会長が楽しげに笑い始める。

「たった一夜を共にしただけで、そんなに仲良くなったのか」

詩乃は何事もなかったかのように身を翻《ひるがえ》し、国安会長ににっこり微笑んだ。

「会長、誤解です。お孫さんとは何もありません」

「そうですよ、お祖父さん。会長の秘書にまで手を出す孫だと思わないでください。迷惑をかけられたのは俺なんですよ」

「ほう？　……どんな迷惑を？」

国安会長が、急に興味津々《きょうみしんしん》な声音で目を輝かせる。その様子にハラハラする詩乃の横で、遥斗が大げさに嘆息した。

「散々でしたよ。昨夜は会合を終えたその足で車を走らせて疲れていたというのに、離れに鳴り響く警報音で眠りを妨げられたんです。しかも、セキュリティのロックがかかって閉じ込められる羽目に。その結果、彼女に俺のベッドの隣を奪われて……」

奪われる⁉

詩乃は血相を変えて、国安会長に真実とは違うと伝えるように頭を振るが、彼はただ目を細めるだけだ。

「お祖父さん、孫が離れにいると秘書に伝えていなかったんですか？」

「そんなに怒るな。まさか、詩乃が夜中に離れに行くとは思っていなくてな」

国安会長の言葉に、遥斗が詩乃に視線を移す。

やはり勝手に行動を起こした詩乃のせいだったのか――そう言わんばかりに、片眉を上げる。

詩乃は言い返したくなるも、静かに口を閉じて目線を落とした。

何故なら遥斗の考えが正しいからだ。今回の件は、事前に準備をしようと思って勝手に動いた詩乃の責任としか言いようがない。

神妙な顔で控えていると、遥斗が小さく息を吐いた。

「そうやって秘書を親しげに呼ぶせいで、規律が乱れるんです。秘書も……会長に向かって公私の区別がつかないようですし」

「遥斗。ここでは私のやり方こそが全てだ。お前が口を出す話じゃない」

国安会長がぴしゃりと言い放つと、遥斗が即座に「申し訳ありませんでした」と折れる。

「お前も知ってのとおり、別荘のスタッフは皆家族も同然だ。親しくするのは、詩乃に限ったことではない」

「……わかっております」

「ならいい。お前にも大切にしてほしいからな。私のために働くスタッフたちを」

何やら家族間の話に進みそうな気配を感じて、詩乃は会釈《えしゃく》だけしてその場を去ろうとした。

「それにしても、詩乃と仲良くなってくれて本当に嬉しい。今日お前を呼んだのは、そこの詩乃に関係してるんだ」

突然自分の名前を出されて、詩乃は足を止める。

「実は、お前の個人秘書として詩乃を託したい」

「はい!?」

遥斗が困惑した声を上げる。その横で、詩乃は口をぽかんと開けて絶句した。

わたしが遥斗さんの個人秘書に？　近寄りたくもない人の傍で働けと？　そ、そんな——と狼狽《うろた》えていると、国安会長が詩乃を安心させるように目を細めた。

「もちろん、永久に……というわけではない。夏が終わる頃にはこちらに戻してもらう。遥斗のところに行かせるのは、詩乃にホテル事業を勉強させるためだ」

「勉強なら、会長のところで充分では？　俺には優秀なアシスタントの岩井《いわい》がいますので、個人秘書など不要です」

「わかってる、岩井くんが優秀だということは。だからこそ、詩乃を遥斗の手に委ねるんだ。岩井くんみたいに、私の下で動いてもらうためにな」

「ですが――」

「これは決定事項だ」

ぴしゃりと言い渡されて、遥斗が口を閉じる。しばらく俯《うつむ》いていたが、詩乃に何か言えとばかりに目で合図を送ってきた。

「あの……」

詩乃は狼狽《うろた》えつつ、国安会長に呼びかけた。

「わたしは会長のお傍で働きたいです」

「詩乃、私が遥斗の個人秘書になれと命じたのは勉強させるため。だが、もう一つ頼みがある。遥斗にはフィアンセ候補が数人いるが、彼女たちが孫に相応《ふさわ》しいかどうか見極めてきてほしい」

「お祖父さん……、秘書に私的な頼みごとはしないでください。それに、以前から彼女たちには興味がないと言っているでしょう？」

遥斗が呆れたように言い返す。それに対して国安会長が何かを言う間、詩乃は国安会長の申し出を考えていた。

もしかしたら、フィアンセ候補を見極めている最中に、彼女たちの誰かを遥斗に推せるのではないだろうか。上手くいけば、当初の目的を達成できるかもしれない。

だがそんな振る舞いをしたとバレたら、国安会長の怒りを買う恐れもある。結果〝詩乃の策略で選んだ女性など許さん！　他の候補者を選ぶんだ〟と言われたら、元も子もない。

国安会長の案はそそられるが、ここは下手に動くより、一番発言力のある会長の傍でフィアンセ候補を推す方が断然いいのではないだろうか。

詩乃がどうしたものかと思案していた時、何やらコツンコツンと規則正しく響く音が聞こえた。気になって顔を上げると、国安会長が手元のファイルを叩いていた。

いつまで経っても返事をしない詩乃に痺《しび》れを切らしたのだろう。

すぐさま謝ろうとするが、国安会長が小さく首を横に振ったのを見て、慌てて口を閉じる。

「申し訳――」

どうやら怒っているのではなさそうだ。

詩乃は不思議に思いながら国安会長が意味深にデスクとファイルを交互に叩くのを見て、ふと彼から渡されたファイルに視線を落とした。

もしかして、これを見ろと合図を送っているとか？

ちらっと窺《うかが》うと、国安会長がどうぞとばかりに片眉を上げた。

詩乃は促《うなが》されるままファイルを開ける。そこに挟まれたメモが何を意味するのかわかるや否や、大きく息を呑み、面《おもて》を上げた。

「どうだ？　遥斗の個人秘書になり、フィアンセ候補たちを見極めてくれるか？」

「行きます！」

「はあ⁉」

詩乃が承諾したことに、遥斗が〝お前正気か⁉〟と言わんばかりに詩乃を凝視する。だが、急に考えを変えた理由が手元のファイルにあると察したのか、覗《のぞ》き込もうとしてきた。

それに気付いた詩乃は、慌てて背後にファイルを隠す。すると、遥斗が訝《いぶか》しげに目を眇《すが》めた。

そんな二人の間に漂《ただよ》う不穏な空気を払うように、国安会長が咳払いした。

「これで詩乃の了承も得た。遥斗、異議は？」

祖父でもある国安会長には逆らえないのか、遥斗がしぶしぶ頷く。

「ありません。彼女を俺の傍に置き、ホテル事業の勉強をさせます。但《ただ》し、フィアンセ云々《うんぬん》の件はなかったことにしてもらいます。本当に必要ありませんから」

「遥斗、いつまでも逃げていては先方にも失礼だ。詩乃には私の目となって見極めてもらう。そう、詩乃は本社に預けるがあくまで出向という形を取る」

そうするのは、本社の事務作業の負担を減らすためだろう。だが、遥斗はまだ納得がいかないようだ。

しかしこれ以上口答えをしようとはせず、国安会長の言葉を受け入れる。

「よし、この話はこれで終わりだ。二人とも朝食を取っておいで。私は須田くんに連絡を入れてから、そっちへ行く」

「では、失礼いたします」

遥斗が挨拶《あいさつ》するのを横目で見て詩乃も黙礼し、彼に続いて部屋を出た。ドアを閉めるや否や、彼が詩乃の正面に立ち塞《ふさ》がった。

「理由を聞かせてもらおうか。最初、君は乗り気ではなかった。なのに手にあるファイルを見た途端、考えを変えた。何故？　……それを俺に見せるんだ」

遥斗がファイルを奪おうと距離を縮めてくる。それを避けるため、詩乃は少しずつ下がった。

「な、何もないですよ。わたしはただ……きゃっ！」

背中に壁が当たると同時に、遥斗がそこに手を置いた。彼の態度に、詩乃は目を白黒させて反対側へ逃げようとする。しかし、遥斗は上体を傾けてその退路さえも塞《ふさ》いだ。

遥斗の吐息が頬をかすめるぐらいの至近距離に、詩乃の心臓が早鐘を打ち始める。恐れと緊張、そして理由の付けられない不安にどんどん心が搦《から》め捕《と》られてしまう。

「俺のところに来るんだろう？　隠し事をされるのは嫌いなんだ」

甘く囁《ささや》くように言いながらも、遥斗の目は笑っていない。

突然のことに詩乃が動けずにいると、遥斗がその隙を狙ってファイルに触れた。奪おうとする力が手に伝わった時、いきなりドアが開いて国安会長が現れる。

詩乃たちを見るなり顔をしかめた国安会長を見て、遥斗は決まり悪げに素早く下がった。

「転びそうになった彼女を支えただけです」

訊ねられてもいないのに、平然とした態度で説明する遥斗に、国安会長が苦笑いする。

「まあ、なんにせよ……親しくなったのはいいことだ。遥斗、一緒に朝食を取りに行こう」

「……はい」

素直に返事をするが、遥斗は〝これで終わったと思うな。必ず理由を突き止めてみせる〟と言うように詩乃を射貫いて、国安会長のあとに続く。

その場で二人を見送った詩乃は、一人になると壁に凭《もた》れて脱力した。

「良かった……」

実は国安会長から渡されたファイルには、遥斗のフィアンセ候補の情報が挟まれていた。

もちろんそれは遥斗に見られても構わないが、そこの一番上に〝結婚の意思のない孫をその気にさせること。他の候補者を早く自由にしてあげるために〟という付箋《ふせん》が貼られていた。

国安会長が詩乃だけに伝えたということは、それは秘密の指示だからに違いない。だから、詩乃は遥斗に見られないよう必死に隠したのだった。

それにしても、なんという指示だろうか。読んだ瞬間面食らったが、これで当初の目的が果たせると悟った。

国安会長のおかげで、思う存分他の候補たちを彼に薦められる！　本人がフィアンセ候補の誰かを気に入れば、わたしは自由に——そう思えば思うほど喜びを隠し切れず、自然と頬が緩《ゆる》む。

資料に書かれた名前は三名。詩乃は、候補の中でも三番手という立ち位置だ。だったら、候補の一番手と二番手を薦めるのは道理にかなっている。

「期限は夏までね……」

そう呟《つぶや》くも、不意に詩乃を雁字搦《がんじがら》めにするような遥斗の野性的な瞳が頭を過《よぎ》り、身体が震えた。堪《たま》らず片手で喉元に触れ、激しく脈打つそこをなだめる。

理由のわからない自分の反応に戸惑うも、詩乃は込み上げてくる不安を吹き飛ばすように歩き出したのだった。

第二章

長野から東京へ出てきて、約三週間が経った。

その間、詩乃は研修を受けていたため、内部統制部部長の遥斗とは会っていない。しかし、彼のアシスタントの岩井裕也《ゆうや》とは、頻繁《ひんぱん》に顔を合わせた。

遥斗の個人秘書として岩井と一緒に仕事をするためだが、その研修もようやく今日で終わった。午後から遥斗の傍で働く日々が始まる。

「ここで働くのは八月末まで。早く動かないと……」

遥斗の執務室とはドア一枚で繋《つな》がっているこのアシスタント室で、詩乃は待機を命じられている。大人しく自分の席に座っていたが、いつしか執務室へ続くドアに目が吸い寄せられた。

現在、執務室では遥斗と岩井が話している。いったい何を話しているのだろうか。

暇を持て余した詩乃は、とうとう引き出しからあのファイルを取り出した。

それは、国安会長から受け取ったフィアンセ候補の情報が載った資料だ。顔写真は添付されていないが、彼女たちが何故候補になったのか詳《つまび》らかに書かれている。

当然ながら詩乃の情報もあり、学歴や趣味、そして現在実家を出て行方不明中という件も明記されていた。

つまりフィアンセ候補の情報は、全て正しいという意味だ。

「最有力候補は、二十四歳の鈴森明里《すずもりあかり》さんね……」

鈴森は鈴森製茶《すずもりせいちゃ》株式会社の社長令嬢で、取引先の倒産で会社が廃業寸前にまで陥《おちい》ったようだ。しかしKUNIYASUリゾートホテルが毎年茶葉を買い上げることで、会社を救ったとある。

億を超える取引額がもたらしたのは、KUNIYASUリゾートホテルの発展。しかも海外の茶葉人気に伴い、ホテルは莫大な利益を得られるようになったらしい。

国安会長と出会って経営破綻を免《まぬが》れたというのは、詩乃の実家と似たり寄ったりの流れだ。しかし、西條家が鈴森家のように恩を返せたのかと言えば、残念ながら足元にも及ばない。でも西條家には、鈴森家にはないものがある。

それは、慶応元年から続く老舗《しにせ》呉服屋という看板だ。

歴史ある呉服屋の着物を扱っているホテルとして、海外の富裕層から満足の声が上がっているらしい。

利益面では到底鈴森家には敵《かな》わないが、質を高める役割を担《にな》った西條家もそこそこKUNIYASUリゾートホテルを助けている。今では取引先として胸を張れるまで持ち直した。

そんな鈴森家や西條家とは違うもう一人の候補者が、二十九歳の伊沢麗子《いさわれいこ》だった。

伊沢はフードコーディネーターとしてメディアにも露出しているかなりの有名人で、彼女の父親はKUNIYASUリゾートホテル〝蒼《そう》〟の総料理長を務めている。

ハイクラスのホテルとして有名で、海外からの富裕層の旅行者も多かった。しかも創作日本料理が絶品で、国内外問わず幾度《いくど》となく取材が入っている。

そこの総料理長が、フィアンセ候補二番手の父親なのだ。

伊沢家は国安家に借りがない。料理長とＫＵＮＩＹＡＳＵリゾートホテルの社長が同窓生という理由で選ばれている。

「借りはないのに、候補として選ばれるなんて」

これって凄いことではないのだろうか。

伊沢をフィアンセ候補の一人にしたのは、きっと彼女の父親の存在が大きいに違いない。

評価が高い伊沢総料理長を逃がさないために、彼の娘を取り込もうと思っても不思議ではないからだ。

資料では鈴森が最有力候補だが、実のところ伊沢の方が有利なのでは？

利益は頭を使えば得られるし、箔《はく》は別のところで付加価値を探せる。しかし、既にホテルの顔として有名な総料理長の代えは利かない。

国安会長は、そういう人物と強固な絆《きずな》を結びたいのではないだろうか。

どちらの女性を遥斗に薦めればいいのかわからないが、こうなれば出たとこ勝負で判断しよう。

詩乃が唇を引き結んで軽く頷いた時、執務室から岩井が出てきた。

詩乃はファイルを閉じ、デスクの上に置かれた他の書類の下にそれを隠す。

「大峯さん。部長がお呼びです」

「はい」

詩乃は立ち上がると、膝丈のプリーツスカート、シフォン地のボウタイブラウスを手で撫で付けた。さらに緊張を解くように、ハーフポニーテールにした髪を背中に払う。

遥斗との久しぶりの対峙《たいじ》に不安でいっぱいだったが、気持ちを切り替えて執務室に入った。

「失礼いたします」

大きな窓を背にして置かれた、大きなデスク。

遥斗はそこの椅子に座り、インカムで誰かと話をしていた。詩乃の姿を認めつつ、彼はパソコンの液晶画面に集中している。

「このプレゼンが成功すれば、確実に稼働率も上がりますし、雇用も生まれます。……今夜、先方とネット会議を行う予定なので、そこで要望を詰め、企画に反映させます」

岩井は遥斗に近づき、彼のメモを覗《のぞ》き込んでは手元のタブレットにペンで書き込んでいく。

無駄な動きをしない岩井、そんな彼にペン先で指示する遥斗。その連携は傍から見ていても見事だった。

それにしても、二人が並ぶと余計に目が離せなくなる。

三十歳の岩井は遥斗より細身だが、筋肉質タイプで胸板が厚い。洒落《しゃれ》たワイルドアップバングヘアをしているのもあり、男らしい色気を漂《ただよ》わせていた。

社内の女性社員たちは、遥斗らが揃って歩くたびに目を奪われているに違いない。

研修で岩井に教わっている時、詩乃が遥斗と彼の下につくと知るや否や、どれほど女性社員たちに羨《うらや》ましがられたか。

「では、またのちほど」

そう言って遥斗がインカムを外し、正面に立つ詩乃に目を向けた。

「三週間ぶりだな。研修終了の報告は上がってきてる。祖父に言われたとおり……詩乃は俺の個人秘書として働いてもらう」

前触れもなく名前で呼ばれたせいで、遥斗とベッドで過ごした夜が鮮明に甦《よみがえ》る。

あの時に感じた感情を頭の中から消し去るように、詩乃は力強く頷いた。

「いい心掛けだ。とはいえ、実際は岩井の下についてもらう。彼の指示は、俺の指示でもある。岩井に従ってくれ」

「わかりました、遥斗……いえ、国安部長」

「俺たち三人だけの時なら、名前で呼んでくれて構わない。そうすることで、何故君がここにいるのか、お互いにわかるから」

遥斗は鋭く言い放ち、さっと岩井を見る。

「前にも話したが、詩乃は会長が可愛がっている秘書だ。それを頭に入れておいてくれ」

「はい……」

遥斗と岩井のやり取りで、詩乃はようやくは遥斗の真意が読み取れた。

名前で呼んだのは、あの夜のように遥斗の意思でどうとでもできると伝えるため。国安会長の名を出したのは、あくまで部下ではなく詩乃は客人であると線引きするためだ。

そうしてくれた方が有り難いのに、どういうわけか炭酸水を飲んだみたいに胸の奥がざわざわする。

その気持ち悪さに顔をしかめた時、遥斗が「岩井」と名を呼んだ。

遥斗の視線が詩乃から逸れたことで、ようやく緊張から解き放たれた。

「ふぅ……」

詩乃は肩の力を抜くと詰めていた息を吐き出し、気持ちを落ち着かせてからもう一度二人に目をやる。

「今夜のネット会議について、通訳担当の三木《みき》さんと詳細を詰めてきてくれないか」

「すぐに行ってきます。大峯さん、研修時に教えた方法で遥斗さんのスケジュールを更新し、同期しておいてほしい。スケジュール管理については、君に一任する」

「わかりました」

「では、のちほど」

岩井は遥斗に頭を下げ、執務室をあとにした。

「詩乃、こっちへ」

遥斗と二人きりになるなり、傍に来いと手招きされる。急いで近寄ると、彼が支給されたタブレットを指した。

「専用のセキュリティナンバーを渡されて以降、まだ一度もアクセスしてないだろう？　岩井に代わって俺が見よう。ここでやってみろ」

「は、はい！」

研修で学んだ手順で内部統制部の相互ファイルにアクセスし、さらに遥斗専用のスケジュール管理ができるよう同期の許可をもらう。

詩乃のタブレットにスケジュールが表示された途端、詩乃の目が点になる。分刻みではないにしろ、ほぼ予定が埋まっていたためだ。

岩井がアシスタントとして有能なのは傍目にもわかるが、このスケジュール管理ではいつ遥斗が身体を壊してもおかしくない。

なんとか遥斗自身の時間をもっと設《もう》けなければ……

「これではデートもできない」

「何か言ったか？」

詩乃は今こそ計画に入るべく、朗《ほが》らかな笑みを浮かべて顔を上げる。

「海外の方との会議があるので、夜も仕事をされるのはわかりますけれど、これでは心が休まらないかと。……国安会長が心配されるのも無理はありません」

「祖父が俺を心配？　いったい何を聞いた？」

遥斗はその話に興味があると言わんばかりにデスクに肘を突き、身を乗り出す。

「お忘れですか？　国安会長が、わたしに遥斗さんのフィアンセ候補を見極めるようにとおっしゃったお話です。きっと、忙しく働かれているので会う時間がないとおわかりだったんでしょう。岩井さんにもご相談させていただきますが、よろしければわたしが遥斗さんのスケジュール管理を――」

「私的な部分に立ち入るのは、感心しないな」

遥斗が椅子に凭《もた》れて、冷たく言い放つ。ただ怒ったというより、彼にとって興味のない話をした詩乃を咎《とが》める風だった。

詩乃がそれを無視して突っ走れば、警戒心を抱かせてしまう可能性がある。今はほどほどが一番いい。

「申し訳ございません」

「部屋に戻っていい」

「失礼します」

執務室をあとにした詩乃は、自分の席に座って再びスケジュールの確認を始めた。


——約二時間後。

ようやく頼まれた仕事を終えた詩乃は、両手を突き上げて伸びをした。

「うーん、慣れないから疲れた」

絶対に動かせないものと、多少融通《ゆうずう》が利きそうなものを分類し、さらに見ただけでわかるように色付けして工夫を凝らした。

これで岩井のオーケーをもらえたらいいのだが……

もう一度ふーっと息を吐いて肩の力を抜いてから、壁掛け時計を確認する。十六時を少し回っているが、まだ岩井は戻っていない。

これからどうしようか。遥斗に指示を仰《あお》いだ方がいいのだろうか。

執務室へ目を向けた時、不意に先ほどの遥斗とのやり取りが詩乃の脳裏に浮かんだ。

そういえば、何故遥斗はフィアンセ候補たちの話に興味を示さないのだろうか。

普通なら自分の妻になるかもしれない人がいれば、詩乃のように気にするものなのに……

詩乃は書類の下に隠したファイルを手元に引き寄せ、それを指で叩きながら理由を探す。しかしいくら考えても、まったく浮かばない。

詩乃は降参するように嘆息したのち、室内をぐるりと眺めた。

その時、背の高い書棚の上に無造作に置かれたファイルが目に入る。

他の書棚は整理整頓されているのに、どうしてあれだけあんな場所に？

岩井からアシスタント室にある資料は好きに手に取っていいと聞いていたが、一応彼が在室中に見せてもらうつもりでいた。

でも、いつ落ちてもおかしくないこの状況は気になる。

とうとう詩乃は席を立ち、コロが付いた回転椅子を書棚の前に持っていった。せめて崩れ落ちないようファイルを置き直そうと思ったためだ。

ヒールを脱いで椅子に乗るが、足場がしっかりしないせいでがちゃがちゃと不安定に揺れる。

それを踏ん張って堪《こら》えようとした時、変な方向に力《りき》んでしまい椅子が回転しそうになった。

「あっ！」

慌てて書棚に掴《つか》まり、椅子の揺れが収まるまで静かに待つ。

動けそうになると、詩乃はふぅーと息を吐いた。

「大丈夫、大丈夫」

そう言って、再び手を伸ばした。ところが、ほんの僅《わず》か距離が足らないため、届かない。椅子のスプリングが軋《きし》んで揺れる中、詩乃は今度はつま先立ちをした。

指先が震え、腕が攣《つ》りそうになる。

「ンっ、もうちょっ……と！」

「何をしてる！」

突然響いた男性の声に驚き、詩乃はさっと振り返る。

それがいけなかった。椅子が一気に回転して身体が後方に投げ出されてしまう。

「きゃあ！」

「危ない！」

周囲の光景がぐるりと回り、天井が視界に入った。電灯が少しずつ遠ざかるような感覚に襲われる。

もしかして、このまま頭を打っちゃうの!?　――そう思った直後、身体に強い衝撃が走った。

「……っ！」

息が詰まるほどのインパクトを感じたが、何故かぶつけたはずの頭は痛くない。

ホッと安堵するも、自分を抱く力強さ、唇に触れる柔らかなものに気付き、頭の中が真っ白になる。

これって、何……？

詩乃は恐る恐る瞼《まぶた》を押し開けた。

最初に目に飛び込んできたのは、黒い影。何がなんだかわからなかったが、次第にそれが誰なのか気付き、一瞬にして緊張が高まった。

遥斗にキスされてる！

詩乃は力強い腕の中から逃げようとするも、あまりに突然のことに混乱して身体が動かない。しかしそれは遥斗も同じらしく、彼は唇を触れ合わせたまま驚きの眼差しで詩乃を見つめている。

詩乃の心臓が早鐘を打ち始めた。耳の傍で鐘を鳴らされているのかと思うぐらい、どんどん大きくなる。

なんとかしなければと思うのに、遥斗の温もりと詩乃を組み敷く体重を感じれば感じるほど、動けなくなった。

ああ、お願い。早く離れて！

詩乃の心の叫びが伝わったのか、遥斗がゆっくりと顔を離す。

唇に触れる柔らかな感触がなくなりホッと安心するも、それは数秒で終わった。遥斗はほんの僅《わず》か距離を取っただけで動きを止め、詩乃を見つめてきたからだ。

今もなお、唇をなぶる遥斗の吐息。

この状況に空気がピンッと張り詰める。なのに、相反するように詩乃の体温が上昇し、身体の芯が疼《うず》いていく。

「はる――」

思わず口を開くが、それが間違いだと気付いた時にはもう遅かった。

遥斗の目線が意味深に唇に落ちる。詩乃は慌てて言葉を呑み込んだ。だが彼が顔を傾け、悠々とした所作で距離を縮めてきた。

待って、待って！　わたしは――言葉にならない声がため息として漏れると、遥斗が優しく口づけた。

「ンっ！」

自然と身体が震える。それを合図に、遥斗がそこをついばみ始めた。ちゅく、ちゅくっと小さな音を立てられて、どんどん下腹部の深奥に熱が集中していく。

「んぅ……ぁ」

誘うような声が漏れたその瞬間を狙ったかのように、急に電話が鳴り響いた。

それを機に、二人の間に漂《ただよ》っていた怪しげな空気が弾ける。遥斗は雷にでも打たれたみたいに目を見開いて、さっと上体を起こした。

詩乃もあたふたと立ち上がり、乱れた髪やスカート、シフォンのブラウスの皺《しわ》を伸ばしながら電話機に走る。

今起きた行為は、綺麗に忘れなければ……

遥斗が抱きしめたのは、詩乃を助けるため。唇が触れたのは、勢いあまってぶつかったためだ。たったそれだけのことで、何も特別な出来事ではない。

そう自分に言い聞かせるが〝だったら何故、遥斗さんはもう一度わたしに甘いキスを？〟と混乱しそうになる。

遥斗の真意が知りたくなるが、それを必死に堪《こら》えて受話器を取り上げた。

「内部統制部・国安の執務室、大峯です」

『フロントの清水《しみず》です。国安部長はいらっしゃいますか？』

「はい」

『鈴森明里さまが面会を求めていらっしゃいますが、いかがしましょうか？』

その女性って、もしかして遥斗のフィアンセ候補最有力者の!?

詩乃が振り返ると、何かを考えている様子の遥斗と目が合った。

「面倒ごとか？」

面倒？　とんでもない、こんなにいい知らせはない！

先ほど整理した遥斗のスケジュールでは、これから約三十分は空白となっている。会って話すには充分とは言えないが、最初の取っ掛かりとしてはそれぐらいの時間が一番いい。

「わかりました。では、国安を伴って伺います」

「何があった？」

受話器を下ろした詩乃に、遥斗がすかさず訊ねる。

「鈴森さまがフロントにいらっしゃっています」

「鈴森？　いったい誰……ああ」

眉間に皺《しわ》を寄せて記憶を探っていた遥斗が、何かに思い至ったような表情になる。彼の素振りで、鈴森とは既に顔見知りだとわかった。

だったら話は早い。

詩乃はそそくさと荷物を持ち、遥斗を廊下へ出すためにドアを開けた。

「三十分ほどなら時間があるので、どうぞ彼女とお会いしてください。その間、わたしも会長からの指示を実行できますので」

遥斗はまじろぎもせず詩乃を見つめたのち、やにわに頬を緩《ゆる》めた。

初めて見る、遥斗の柔和な笑み。印象を一変させる顔つきに、急に詩乃の下腹部が重くなる。堪《たま》らず手にしたタブレットをきつく掴《つか》んだ。

「俺の意思に反したフィアンセ候補……ね」

そう言った直後、遥斗の表情が少しずつ崩れていき、頬が引《ひ》き攣《つ》っていった。

「とはいえ、無礼を働いていい相手でもない。礼儀を尽くさないと」

「もちろんです。さあ行きましょう！」

遥斗を廊下へ通そうとする。しかし、彼は詩乃の正面でぴたりと足を止めて〝いったい何を考えてるんだ？〟と言わんばかりに凝視してきた。

思わず身構えてしまうが、遥斗の眼差しに黙って耐えていると、ようやく彼が歩き出した。

問い詰められなくてホッとするものの、すぐに緊張が戻る。遥斗の広い背中から、詩乃に対する苛立ちがひしひしと伝わってきたからだ。

詩乃はこれ以上遥斗を煽《あお》らないようにするために、エレベーターが到着するまでの間も口を噤《つぐ》み続けた。しかし、ずっと続く無言の圧力にとうとう胸が苦しくなる。鼓動が弾み、呼吸のリズムも不安定になっていく。

エレベーターに乗り込んだあと、とうとう居たたまれなくなり、詩乃は勢いよく振り返った。

「遥斗さん、あの！」

何を言おうか考えもなしに声をかけたが、そんな詩乃の目に飛び込んできたのは、遥斗の曲がったネクタイだった。

もしかして、詩乃を助けた際に乱れて？

詩乃は遥斗に近づき、彼のネクタイに触れて形を整える。

「わたしを助けてくれた時にネクタイが曲がってしまったんですね。申し訳ありませんでした。奥さまになられるかもしれない方とこれからお会いになるのに……」

ネクタイの結び目が綺麗になる。満足して頬が緩《ゆる》むも、先ほどから遥斗が一切話さないのが気になって、そっと目線を上げた。

「どうされたんです――」

瞬間、詩乃は言葉を失った。詩乃の顔を見つめる遥斗の双眸《そうぼう》に強い光が宿っていたからだ。

これまでの遥斗なら、冷たい眼差しを向けたり、言葉で牽制したりするのに……

遥斗を見返せなくなり、詩乃は急いでネクタイに目線を落とす。すると、彼はそこに触れる詩乃の手を掴《つか》んだ。

「徹底するんだな」

ハッとして面《おもて》を上げる詩乃に、遥斗が顔を近づけてくる。

「なるほどね……。これまで詩乃を観察していたが、今回の流れでようやくわかった。祖父が詩乃を俺に預けた、本当の理由がね」

「本当の理由？　あの、いったい何を仰《おっしゃ》っているのでしょう？」

詩乃が眉を顰《ひそ》めると、遥斗がふっと苦笑いした。

「祖父がフィアンセ候補を見定めろと指示を出したあの日、俺が候補の誰かに興味を持つよう動けとも言われたな？」

詩乃の心を覗《のぞ》き込まんばかりの至近距離から、低音の声を響かせてはっきり告げる。

「……意味がよくわかりませんが」

なんとかして誤魔化さなければと思うのに、言葉が出てこない。

すると、遥斗がさらに詰め寄ってきた。彼の体温が伝わってくる距離に少しずつ下がるが、すぐに壁にぶつかってしまう。

「だが、どうしてもわからないことが一つある。最初は反対したのに、何故急に態度を変えた？　そこに、どんなメリットがあった？」

「り、理由なんて、な、ないですよ！」

動揺したせいで、何度も舌を噛みそうになる。その振る舞いこそ、隠し事があると証明したようなものだった。

遥斗の目つきが厳しくなり、詩乃は込み上げてきた生唾を呑み込む。

そんな詩乃に遥斗が手を伸ばしたが、すぐに下ろされた。ちょうどエレベーターが到着したと示すランプが点滅したためだ。

「まあ、そのうちわかるだろう。俺に暴《あば》かれる日を待っているんだな」

これで話は終わりだと告げるように、遥斗がフロントへ続く廊下を歩き出す。

遥斗なら、きっと真相にたどり着くだろう。だからこそ、その前にフィアンセ候補のどちらかとくっつけて、逃げなければ……

詩乃はそう強く決意すると、静かに遥斗のあとに続いた。

しばらくして、幅二十メートル以上もある豪華な絨毯《じゅうたん》が敷かれたロビーに到着する。

周囲を見回すと、一人の女性がソファから立ち上がり、咲き誇る花のような笑顔で走り寄って来た。

「遥斗さん、こんにちは！」

「今日はいったいどうされたんですか？　鈴森さんがいらっしゃるとは思いもしませんでした」

「あたし、いつもこちらのネイルサロンを利用しているんです。寄らせてもらった時には、遥斗さんに取り次いでもらおうと思っていたんですが、そのたびに諦めて……。でも今日は、勇気を出してみました」

「秘書に聞きました」

遥斗が少し離れて立つ詩乃を指す。それを受け、鈴森が詩乃に視線を向けた。

「初めてお目にかかる方ね。遥斗さんの傍にいるのは、いつも岩井さんだもの」

「大峯と申します。どうぞよろしくお願いします」

「こちらこそ！　これからよく会うと思うので、よろしくお願いしますね」

鈴森がにこりと詩乃に微笑んだ。

詩乃より一歳年上の鈴森は、一五〇センチほどの身長で、セミロングの髪をふんわりさせている。まだ学生みたいに見えるのは、可愛らしい笑みが影響しているかもしれない。

それにしても、なんて素敵な女性なのだろうか。

明るくて可愛いだけでなく、遥斗の部下にまで礼儀正しいとは……

女性の詩乃から見ても、好意を抱かずにはいられないぐらいだ。

遥斗もそう思っているに違いない。鈴森への姿勢や微笑みは、親切以上のものが見え隠れしている。詩乃が初めて彼に会った時とは、比べ物にならないほど対応の差があった。

つまり、遥斗は最初から鈴森を認めているということだ。

その事実に、自然と目線が下がっていく。詩乃はそれを隠すようにして、フロントへ向かった。

「内部統制部・国安の秘書の大峯です」

「大峯さん!?　先ほどお電話した清水です」

詩乃はにこやかに会釈《えしゃく》し、清水にスカイラウンジの席を取ってもらうようお願いした。

「一緒に、アフタヌーンティーを用意してほしいとお伝え願いますか？」

清水が電話をかけ、予約が取れたと頷く。

詩乃はお礼を言い、タブレットを操作して遥斗のスケジュールを埋める。そして岩井にもスカイラウンジに向かう旨をメッセージで送ると、遥斗たちのところへ戻って席を用意したと告げた。

「あたしとお茶する時間を作ってくれたのね。遥斗さんありがとう。とっても嬉しい！」

そんな風に喜ぶ鈴森に対し、遥斗はただ笑みを投げかけるのみ。エレベーターホールへ向かう際も、エレベーターに乗っている際も、鈴森の話を聞く一方だった。

スカイラウンジに到着すると、詩乃は現れたウェイターに予約の旨を伝える。

「いらっしゃいませ。お席にご案内いたします」

ウェイターが遥斗たちを窓際の席へ案内するのを、出入り口にほど近い壁に立ち見届ける。

ほどなくして、遥斗たちのテーブルに桜をイメージしたアフタヌーンティースタンドが置かれた。一段目には苺のムースケーキや苺を包んだ桜餅などのスイーツ、二段目には桜色のスコーンやパイ、そして最下段にはサンドウィッチが載っている。

二人の前に紅茶が並ぶと、鈴森は満面の笑みで遥斗に感謝を示した。

こうして遥斗に鈴森との時間を取らせることで、詩乃の計画は確実に進んでいる。その経緯を喜んでもいいはずなのに、二人を見守る詩乃の顔が次第に強張《こわば》ってきた。

どうして妙な気持ちになるのかわからないまま、頬の筋肉をほぐそうと手を上げた時だった。

「大峯さん」

名前を呼ばれてさっと横を向くと、肩で息をする岩井がいた。

「良かった、何も問題ないみたいで」

「えっ？」

「アシスタント室に戻ったら、大峯さんの椅子が部屋の端にまで移動していたから、いったい何があったんだと驚いてね」

岩井に言われて、片付けすらせずにアシスタント室を出てしまったのを思い出した。

「すみません！　実は――」

そう切り出した詩乃は、事の顚末《てんまつ》を簡単に説明した。

書棚の上に乱雑に置かれた書類が気になり、整理しようと自分の椅子に乗ったら、逆に詩乃が落ちてしまったと。本来なら片付けが先だが、鈴森の来訪があったためそちらを優先したと伝える。

「その対応で間違いはない。鈴森さまは、遥斗さんのフィアンセ候補の一人だから。……ところで、大峯さんは怪我をしなかった？　大丈夫？」

「大丈夫です」

「良かった……。あっ、大峯さんからの連絡でスケジュールを見たけど、管理力は見事だった。視覚でわかるようにしたのは、会長の下で学んだもの？」

「はい。国安会長は、ほぼ毎日変更の指示を出されていたので……」

「それで、大峯さんの能力が伸びたんだね。今後もこれで進めてくれるかな？」

「わかりました。やり過ぎには気を付けながら、見やすさ重視で頑張ります」

笑顔で頷いた岩井は、ようやくそこで遥斗たちが談笑するテーブルに目をやる。

「それにしても、よく遥斗さんの足をスカイラウンジに向けられたね。鈴森さまはこれまでに何度も来られたけど、遥斗さんは仕事を理由に立ち話ばかりでね。こうやって一緒にお茶をするなんてことは、一度もなかった」

「わたしが先回りしたんです。鈴森さまとの仲を深めていただきたくて。とても素敵な女性ですよね。遥斗さんに相応《ふさわ》しい方だと思いませんか？」

そう鈴森を評価した詩乃は、岩井の目線を追って遥斗たちに意識を戻す。

しかし、鈴森の話を聞きながら遥斗が口元をほころばせたのを見て、胸を締め付ける息苦しさを覚えた。

やっぱり今日はおかしい……

詩乃は自分の身に表れた症状に困惑し、唇を引き結んで軽く俯《うつむ》いた。

しばらく思い悩んでいたが、ふと顔を上げると、訝《いぶか》しげな表情で詩乃を見る彼と視線がぶつかった。

「岩井さん、どうかされたんですか？」

「どうしてそこまでして鈴森さまを推すのかな」

「えっ？　あの……鈴森さまは女性の目から見ても素敵なので、遥斗さんとお似合いかなと。国安会長も認められている方ですし」

「認めているのは鈴森さまだけじゃない。伊沢さま、西條さまもだよ」

やにわに飛び出した自分の本名に思わず狼狽《うろた》えた詩乃は、大きく息を吸った。

だが、すぐに驚くようなものでもないとわかった。詩乃でさえ、国安会長から情報を得たのだ。

遥斗の私事にも関わる岩井が、フィアンセ候補たちの名前を知らないはずはない。

「候補者の一人に肩入れするのは良くないよ。僕たちは、あくまで平等でいないと。決めるのは、遥斗さん自身なんだからね」

そう言った直後、岩井のスマートフォンが鳴った。

「外で取ってくる」

「わかりました」

詩乃は頷き、岩井の後ろ姿を見送りながら先ほど言われたことを思い返していた。

岩井が詩乃に伝えた心構えは正しい。しかし、国安会長から秘密の指示を受けている以上、平等には振る舞えない。

とりあえず、岩井に咎《とが》められないように動かなければ……

そんな風に思いながら、詩乃はゆっくり振り返って遥斗たちのテーブルに視線を戻した。

「……っ！」

こちらを見る遥斗と目が合い、ドキッとする。

もしかして、呼ばれていた？　それなのに無視してしまった!?

急いで駆け寄ろうとするも、いきなり肩を掴《つか》まれて防がれる。驚愕して振り返ると、そこにいたのは岩井だった。

「遥斗さんに呼ばれた？」

「いえ、それがよくわからなくて。でもわたしを見ていたので、指示を見逃したのかと」

「僕が行く。ネット会議の時間変更の知らせが入った。早急に戻らないと」

岩井が伝えに行っている間、詩乃は先に会計を終わらせて遥斗たちを出迎えた。

鈴森はこのあとネイルサロンへ行くのでここで別れようとするが、遥斗が引き止める。

「サロンまで送りましょう」

「でも時間が！」

「大丈夫ですよ。ほんの数分ですから。岩井」

恐縮する鈴森に遥斗が礼儀正しく振る舞うと、彼女の頬が薔薇色《ばらいろ》に染まった。

鈴森の愛らしさに心を打たれたのか、遥斗が口角を上げる。しかしそれは、岩井に顔を向けた一瞬のうちに、無表情なものに変わった。

「先に戻って資料の準備をしておいてくれないか？　鈴森さんを送ったらすぐに戻る」

「承知いたしました」

詩乃も岩井に続いて戻ろうとするが、遥斗に呼び止められる。

「詩乃は俺と一緒に来い」

「はい」

詩乃は遥斗たちとエレベーターで移動し、ネイルサロンの入り口で立ち止まった。

「今日は、遥斗さんとたくさんお話ができて嬉しかったです。また会いに来てもいいですか？」

鈴森は可愛い顔で甘く強請《ねだ》る。それに対し、遥斗は礼儀正しく軽く頭を下げた。

「申し訳ありませんが、仕事中は無理だと思います。私は会社員なので」

「でしたら、お休みの日にお時間を作っていただけませんか？　あたしのことを、もっと……もっと知ってほしいんです」

「鈴森さんのお気持ちは有り難いのですが、現在仕事が立て込んでいて、まとまった休みも取れないんです。近いうちに、こちらからご連絡します」

鈴森の顔色が、瞬《また》く間に曇っていく。

そうなるのもわかる。好意を示せば払いのけられ、誘えば断られるのだから……

何を言っても拒まれ続けていては、いつか本当に心が傷ついてしまう。

詩乃は鈴森が気落ちする姿を見ていられなくなり、彼女を慰《なぐさ》めようとするが、そうするより前に遥斗が一歩前に出て遮《さえぎ》った。

「素敵なネイルアートをしてもらってください。では失礼します」

恭《うやうや》しく会釈《えしゃく》したあと、遥斗は時間がないとばかりにさっさと歩き出す。詩乃は鈴森に黙礼して、急いで彼を追った。

不機嫌そうな遥斗は、エレベーターに乗っても、内部統制部がある階で降りても口を噤《つぐ》み続ける。スケジュールが空いていたとはいえ、勝手に鈴森との時間を作った詩乃を無言で責めているのだ。

どうにかしなければと思うが、何をどう言えばいいのかわからず、だんだん頭を抱え込みたくなる。

その時、いつの間にか立ち止まっていた遥斗の背中に勢いよくぶつかってしまった。

「うぷっ！　……す、すみません！」

痛めた鼻を手で押さえながら、遥斗を仰《あお》ぎ見る。すると、おもむろに彼に手首を掴《つか》まれた。

息を呑む間もなく、詩乃は遥斗の傍へと引き寄せられる。

突然のことに狼狽《うろた》えると、遥斗が怒気を帯びた目を眇《すが》めた。

「本当に用意周到だな。お仕置きが必要か？」

お仕置き⁉

息を呑む詩乃に、遥斗はお互いの鼻先が触れ合うのではと思う距離まで詰めてきた。

「はっきり言っておく」

そう切り出した遥斗の低い声音に、詩乃は身震いしてしまう。後ずさりするが、そのせいで強く壁に背中を打ち付け、痛みに呻《うめ》きそうになった。

「俺と彼女をくっつけようとするのは止めてくれ。祖父の指示でもだ」

「ひょっとして、鈴森さまは好みではなかったんですか？　伊沢さまの方がお好きだとか？　すみません！　次は必ず伊沢さまと――」

「詩乃！」

矢継《やつ》ぎ早《ばや》に話す詩乃を、遥斗が遮《さえぎ》った。

「どうしてそんなに必死になるんだ？　……鈴森さんの次は麗子？」

麗子？　伊沢とは名前で呼び合う仲⁉

突如知った新たな情報に動揺してしまい、詩乃の身体が強張《こわば》った。

「いったい、君の裏に何がある？」

声を潜《ひそ》める遥斗だったが、その凄《すご》みには迫力がある。感情の赴《おもむ》くまま身体を揺さぶられるのではないかと思うぐらい、詩乃を掴《つか》む彼の力は強かった。

それでも何も言えずにいると、とうとう痺《しび》れを切らした遥斗が、さらに詰め寄ってきた。牽制するかのように、静かに詩乃に顔を近づけてくる。

「麗子が駄目なら、次は……西條さんを推すのか？」

詩乃が顎《あご》を引いて逃げ出そうとすると、遥斗が壁に手を突いた。

「まさか!!」

自分の名前が出て、詩乃は咄嗟《とっさ》に口を挟む。すると、遥斗が詩乃の真意を探るようにまじまじと見つめてきた。

「まさか？　……それはどういう意味？　西條さんは推さないと？」

「もちろんです。だって、さ、西條さまは……三番手。つまり、鈴森さまや伊沢さまより劣るという意味。選ばれるのなら、やはり鈴森さま、もしくは伊沢さましかおられません」

詩乃は遥斗の手を軽く押しのけて、手柵から逃れた。

「もうバレてるのではっきり言いますが、わたしは会長から遥斗さんとフィアンセ候補の誰かと縁を取り持てという命を受けました。……その約束を守るつもりです」

「詩乃――」

遥斗が呆れ気味に言った時、アシスタント室のドアが開いた。

その音にビクッとした詩乃が遥斗の傍を離れた直後、岩井が出てきた。

遥斗を認めた岩井の表情が、安堵したように緩《ゆる》む。

「良かった！　戻っていらしたんですね。先方とのネット会議の準備は整っております。現地時間は朝八時三十分。来月の来日について、追加要件があるとのことです」

「お互いに駆け引きだな。だが、この案件は逃したくない……。通訳部の三木さんには？」

「連絡済みです。既に応接室で待機し、そちらで準備しております」

「わかった。では行こう。詩乃はここで待機だ」

「はい」

遥斗は素直に返事をした詩乃をしばらく凝視するも、くるりと背を向けてネット会議専用の応接室へ歩き出した。

「デスクの上に書類が置いてあるから、そのチェックを頼むよ」

遥斗に続こうとした岩井が振り返り、詩乃に指示を出す。詩乃が「わかりました」と伝えると、彼はそそくさと遥斗を追いかけていった。

詩乃は廊下で二人を見送ったのち、アシスタント室のドアを開けた。先ほど岩井が言った書類をチェックするため、デスクに置かれたファイルを取り上げる。

その時、自分の椅子が元に戻されていることに気付いた。

「岩井さん、急いでいたのに片付けてくれたんだ……」

岩井の手際の良さに感服すると同時に、椅子から転げ落ちたあとのことを思い出してしまい、自然と自分の唇に触れてしまう。

柔らかかった感触が甦《よみがえ》り、そこがかすかに震えた。

「わたし……」

そこまで言った直後、慌てて頭を振った。

キスの件は忘れるの！　――そう必死に自分に言い聞かせてから、詩乃は与えられた仕事を再開したのだった。

第三章

風にそよぐ新緑が眩《まぶ》しくなり始めた、五月初旬。

遥斗の出張に詩乃も一緒に行くことが決まり、彼が所有するワンボックスカーで東京を出発した。

正午を過ぎた頃、車は東名高速道路の御殿場《ごてんば》インターチェンジを下りる。一行は、国内有数の高級リゾートホテルに名を連《つら》ねる、ＫＵＮＩＹＡＳＵリゾートホテル〝蒼〟へ向かっていた。

数日後、西欧の旅行会社に向けたプレゼンテーションがそこで行われるためだ。

プレゼンテーションは、ＫＵＮＩＹＡＳＵリゾートホテル〝蒼〟の企画チームに一任されている。しかし、本社の代表者である遥斗の叔父、国安専務が最終日に到着するまで、遥斗が代行を務めることになっていた。

というのも、ここ数ヶ月の間〝蒼〟の企画チームと密に話を詰めていたのが遥斗だったからだ。

プレゼンテーションが終わるまではホテル住まいになる。不便さはあるものの、詩乃は素晴らしいホテルに足を踏み入れられると思っただけで心が躍った。

車が青々とした木々のトンネルをくぐって開けた場所に出ると、目的地のリゾートホテルが見えてきた。

「なんて素敵なの……！」

透きとおるように澄んだ青空の下にある、日本家屋風の平屋の建物。

門を通り抜けてロータリーに入ると、遥斗は表玄関の前で車を停めた。

「よろしくお願いします」

車を降りてドアマンに鍵を渡すと、ちょうどエントランスにスーツを着た四十代と五十代ぐらいの男性二人が現れた。

彼らは遥斗に、さらに岩井と詩乃に会釈《えしゃく》する。

「お久しぶりです」

「木下《きのした》さん。先日は深夜にもかかわらず、ご迷惑をおかけしました」

「とんでもございません。今回のプレゼンは特殊ですので、細部まで気にされるお気持ちはよくわかります。……さあ、まずはお入りください」

木下と呼ばれた五十代ぐらいの男性が、両翼を広げたように横に長い和風のエントランスロビーを指す。

「お荷物は、スタッフがお部屋にお届けしておきます。まずは、応接室へご案内します」

遥斗は木下と並んで建物に入り、詩乃と岩井もあとに続いた。

天井が高い開放感のあるロビーは、檜《ひのき》の香りがする。オープンから数年経っているはずなのに、今もなお新築と勘違いしそうなほど良い匂いだ。

詩乃は、興味深く周囲を見回した。

フロントの奥には暖炉やソファが置かれてあり、ラウンジとして使用されているのが見て取れる。

そこに座って眺められる壮大な箱根外輪山《がいりんざん》の景色は、きっと素晴らしいに違いない。

「素敵な場所ですね」

隣を歩く岩井に話しかけると、彼が詩乃にさりげなく顔を寄せた。

「ＫＵＮＩＹＡＳＵリゾートホテル〝蒼〟は、海外へ進出するために作られたホテルだ。十何年も前から緻密な計画が立てられ、優秀な職人の手も加わっている。最高でないはずがない」

詩乃は頷き、再びホテル内に目を向けた。

現在通ってきたフロントがある建物は、表玄関として独立している。どうやらここを起点にし、ゴルフカートより少し大きなカートに乗って、一棟建ての離れ、全室露天風呂が完備された別館、そして宴会場やレストランが入った新館へ移動するみたいだ。

遥斗は木下らと一緒に、既に先導カートで出発している。詩乃も後ろのカートに乗り、周囲を眺めながら清々《すがすが》しい空気を吸い込んだ。

かすかに鼻腔《びこう》をくすぐる香りは、ピンク色や紫色に色付くアネモネの花だろうか。香《かぐわ》しい匂いに、詩乃の頬が無意識に和《やわ》らぐ。

「会長の別荘に戻った感じ……」

自然に包まれた別荘と似ているのもあってか、懐郷に似た思いに駆られる。

国安会長の傍にいたのは、たったの一年なのに……

そんなことを考えていた時、カートが止まった。

前方のカートに乗っていた遥斗は既に降り、詩乃が傍に来るのを待っている。意味深な目で凝視されて戸惑うが、急いで彼のところに走り寄った。

「心ここにあらずだったな。何か気になることでも？」

遥斗に訊ねられるも、詩乃はただ問題ないと頭を振った。

すると遥斗はそれ以上追及はせず、木下との会話に戻りながら、スタッフオンリーと表示された区域に進んだ。

その一画には、スーツ姿の男女やホテルの制服を着た人たちがいる。

詩乃が興味津々《きょうみしんしん》に見つめていると、木下が応接室のドアを開けて室内へと誘《いざな》う。その部屋は広く、軽く十人は座れそうなソファが設《しつら》えてあった。

遥斗がソファに座り、詩乃と岩井は彼の背後に並び立つ。それに合わせたかのように、八人の社員が入って来た。

「紹介いたします。彼らは施設企画部所属、今回のプレゼン担当チームです」

「よろしくお願いいたします」

遥斗に頭を下げた彼らが、各々名刺を取り出して遥斗に渡す。

詩乃はその光景を静かに眺めていたが、末席に移動する二十代前半の男性のところで目が止まる。

あの人、どこかで見たような……？

刈り上げショートのせいで活発な印象を受ける彼を見ていると、妙に懐かしくなる。

いったい誰？

目を凝らして観察していると、詩乃の視線を感じた男性が面《おもて》を上げた。

詩乃と男性は視線が合うや否や、お互いに目を見開いて息を呑む。

その男性——宇賀潤二《うがじゅんじ》は詩乃の中学高校時代の同級生だったからだ。彼とは同じグループで仲良くしていたのもあり、腐れ縁と言ってもいい。けれども彼は東京の大学へ、詩乃は地元の大学へ進んだため、それからは頻繁《ひんぱん》に遊ぶことはなくなった。

大学生時代には年に二回ほどは皆で集まっていたが、就職して以降は一度も会っていない。

とはいえ、友人たちとは今も連絡を取り合っている。宇賀ともそうだ。ただお互いに仕事の話はしても勤め先の話題は出なかったため、彼がどこで働いているのか全然知らなかった。

まさか、KUNIYASUリゾートホテルで働いていたなんて……

「——アシスタントの岩井、隣にいる女性は秘書の大峯です」

「大峯⁉」

遥斗の紹介を聞いて、宇賀が大声を上げた。

「だって、お前、さいじ——」

詩乃の本名を言いかけた宇賀に、詩乃はしかめっ面《つら》で小さく首を横に振る。すると、彼は困惑も露《あら》わに眉間に皺《しわ》を寄せた。

「宇賀、いったいどうしたんだ？」

上司の問いかけに、宇賀が「あの……」と言って、詩乃を見つめる。

「うちの大峯が何か？」

遥斗が口を挟み、軽く背後の詩乃に目を向ける。

たったそれだけで詩乃の心臓が跳ね、手のひらが湿ってきた。

ここで宇賀が詩乃の本名を言えば、彼は上司のみならず遥斗にまで問い詰められるだろう。そうなったら宇賀は全てを話すに違いない。

このままでは何もかも台無しになる。それだけは絶対に阻止しなければ……

「宇賀、国安さんの秘書を知っているのか？」

「実は、同級生なんです！」

木下が訊ねるや否や、詩乃は声を上げた。すると遥斗に「同級生？」と問いかけられる。

「はい。彼とは中学、高校と一緒でした。まさかこのような場所で再会するなんて思っていなくて。驚きましたけど、わたしよりも彼の方がパニックになったみたいですね」

宇賀に〝そうでしょう？〟と目で訴える。

宇賀は上司や同僚、遥斗にまで注視されて、あたふたしながらも肯定した。

「久しぶりだったので、最初は詩乃……あっ、いや、さい……いやいや、大峯、とはわからなかったんですが、彼女だと気付いた途端取り乱してしまいました。申し訳ございません」

「知り合いとは！　気心の知れた者が仕事仲間にいるとなると、より深く意思疎通ができるというもの。そう思いませんか、国安さん」

木下はこの成り行きに満足げだが、話を振られた遥斗は苦笑いを浮かべる。

「そうですね……。大峯が迷惑をかけないことを祈っておきます」

迷惑？　わたしが面倒を起こすとでも？　――と驚くも、周囲の目もあり、詩乃は作り笑いをして感情を消した。

「では、始めましょうか」

遥斗の言葉で、会議が始まった。岩井からファイルを回され、詩乃も数日後に始まるプレゼンテーションの流れを確認する。

しかし、遥斗が話す内容より宇賀が気になって仕方がなかった。

なんとかして早く宇賀に、何故詩乃が名字を偽《いつわ》っているのか事情を説明しなければ……

宇賀の口が滑ることで、詩乃の素性が発覚するのだけは避けたい。

どうしようかと考えていた時、目の端で誰かが動いた。木下が立ち、遥斗や宇賀たちも続く。

何が起ころうとしているのかわからず、隣にいる岩井の袖を引っ張る。

「これからどこに行くんですか？　会議は終わりに？」

「プレゼンで紹介する場所を見て回るんだろう？　今、説明してたじゃないか」

「すみません！」

眉間に皺《しわ》を寄せた岩井に詩乃は即座に頭を下げる。それを偶然聞いた遥斗が、詩乃をじろりと見る。しかし何も言わず、木下と一緒に部屋を出ていった。

「ほら大峯さん、行くよ」

「はい」

岩井に促《うなが》されて、詩乃は遥斗や企画チームを追う。そのまま建物を出てカートに乗り、新館へ移動した。

そこは総料理長が振る舞う創作料理店〝熟深《じゅくしん》〟や、宗教に合わせた食材を扱うレストラン、バーなどがある。他には家族用の露天風呂、大浴場なども完備されていた。

企画チームのリーダーが、今回訪日する西欧の旅行会社、スペンサー・トラベルカンパニーからの要望についてどう対応するのか、移動しながら遥斗に説明する。

その話を数歩下がった場所で聞いていた詩乃だったが、遥斗が食事対策の疑問点を訊ねた時、不意に腕を掴《つか》まれた。

ハッとして横を向くと、そこには目で後ろを示す宇賀がいた。

遥斗が企画チームのリーダーと話し込んでいるのを確認して、詩乃は静かにチームの後方へ移動する。皆の様子を窺《うかが》いつつ、宇賀に身体を寄せた。

「ごめん！」

「詩乃、説明しろよ」

「これには深い理由があるの。いったいどこから話せば……」

「西條姓ではない理由は？　結婚したとは聞いてないぞ」

「まだ独身よ！　大峯は、母方の名字なの」

詩乃は声を潜《ひそ》めてそう告げるが、誰かに聞かれるかもしれないこの場所でこれ以上の危険は冒《おか》せない。

「あとで必ず説明するから」

「……わかった」

宇賀の返事を聞いたあと、詩乃は再び前へ移動する。

新館から離れへ、離れから別館へ移動する間も、余所見はせずに遥斗たちの会話に耳を傾け続けた。

しばらくして、企画チームの一団が向かった先は、バンケットルームだった。

そこは日本庭園を望む広間として使用されている。太陽光が燦々《さんさん》と注ぎ込む設計となっているためか、とても人気があるようだ。

資料には、日本庭園を背にした板作りの舞台設置も可能と載っている。ちょっとした会食や定例ブリーフィングの会場にも使われるのだろう。

いくつかの円卓が置かれているが、そのうちの一つのテーブルに遥斗、木下、企画チームのリーダー、そして岩井が座る。詩乃も含めたその他の人たちは、彼らの背後に立った。

「バンケットも……交渉の場にする予定ですか？」

岩井の言葉に、遥斗が物憂げに頷く。

「ああ。ただ、当日は俺ではなく国安専務が席に着く。夕食会の責任者は？」

「私です！」

宇賀が手を上げた。

「料理に関しては、伊沢総料理長に任せております。資料にもあるとおり、バンケットでは先方に楽しんでもらえるよう、日本文化を取り入れました」

「よく準備をしてくれた。食前酒を味わいながら日本舞踊を鑑賞できるのはとてもいい」

遥斗に褒められて、宇賀は嬉しそうに頬を緩《ゆる》めた。

友人の心配りが認められて、詩乃の心もほんわかとしてくる。

他にはどんな計画を立てているのか確認するため、詩乃は手元の資料に視線を落とした。

日本舞踊の他に、なんと箏《こと》の演奏披露まである。

久しぶりに誰かが弾く箏《こと》を聞けるなんて思っていなかった詩乃は、わくわくしてきた。

詩乃は、実家が老舗《しにせ》呉服屋を営《いとな》んでいるというのもあり、小学校に上がる前から舞踊や茶道などの習い事をさせられた。

どれも長続きせず両親に呆れられたが、唯一自分の意思で大学卒業まで習い続けたのが箏《こと》だった。

コンクールに出場するたびに、宇賀を含めた友人たちが応援に駆けつけてくれたのが、まるで昨日のことのように思い出される。

「箏《こと》か……」

もう一年以上、箏《こと》に触れてない。久しぶりに触りたいなと思うが、指が固まって以前みたいに流れるようには弾けないだろう。

もしフィアンセ候補の話を父から聞かされなければ、今頃は箏《こと》の奏者として活動していたのだろうか。

そんなことを考えていた時、宇賀と話していた遥斗が立ち上がった。

「では、そのように進めてくれ」

宇賀にそう告げたのち、遥斗は企画チームに顔を向ける。

「問題があった箇所は、各自改善点を示してほしい。プレゼンが開かれるまで数日しかないが、それまでできる限り尽力してもらいたい」

皆が力強く頷く。この契約を是が非でも取るぞという気迫が伝わってきた。

その後、企画チームのメンバーが次々にバンケットルームを出ていく。宇賀も彼らに続いて歩き始めた。

えっ、もう行ってしまうの⁉

まだ宇賀には何も説明していない。彼が仕事に戻る前に、なんとかして詩乃の事情を伝えなければ……

「企画チームの会議はこれで終わりだが、俺たちは会わなければならない人がいる」

「では、そちらに？」

「ああ。彼らが別館を離れて……しばらくしてから動こう」

遥斗と岩井の話から、今すぐにはここを出ないようだ。それならば、しばらく席を外しても咎《とが》められないに違いない。

目の端で宇賀がドアの向こう側へ消えるのを確認した詩乃は、すぐさま遥斗たちに向き直る。

「化粧室へ行ってきます」

遥斗が軽く頷くと、詩乃は黙礼してバンケットルームを出た。

急いで宇賀を追いかけなければ！

しかし、詩乃が追ってくるとわかっていたのか、宇賀は詩乃を待つように壁に凭《もた》れて俯《うつむ》いていた。

企画チームの人たちは、既に廊下の奥を歩いている。

「潤二……」

名前を呼ばれ、宇賀が面《おもて》を上げる。

「来ると思ってたよ。僕の読みが当たって良かった……。さあ、教えてくれ」

詩乃は後ろのドアを気にしながら、少しずつ説明し始めた。

まずは一番大切なこと――遥斗にはフィアンセ候補が三人おり、その一人が詩乃だと教える。

候補から外してもらうには、他の候補をくっつけるのが一番手っ取り早いと考え、それで素性を偽《いつわ》って懐《ふところ》に飛び込んだと話した。

「飛び込んだって国安部長のところに？　でもさ、確か長野で住み込みの職に就いたって言ってなかった？」

「うん、彼の祖父である会長のところで働いてたの。一番発言力がある人だと睨《にら》んでね。なのに上手くいかなくて。そんな時、会長の指示でこの春から彼の個人秘書になることに……」

「なるほど……。それにしても、夫になるかもしれない相手の懐《ふところ》に飛び込むとはね」

「最初は拒もうと思ったの。ところが、彼の祖父に〝結婚の意思のない孫をその気にさせること〟っていう密命を受けてね。それってわたしにとって一石二鳥でしょう？　だから出向を受け入れたってわけ」

宇賀は神妙に頷くも、どうも腑《ふ》に落ちないというような表情を浮かべる。

「どうしたの？」

「えっ？　あっ……うん。詩乃の事情はわかったんだけど、そんなに上手くいくかなって。だってさ、素性を隠して働くなんて普通ならできな――」

とそこまで言いかけて、言葉を濁《にご》す。

「潤二？　……何？」

「いや、そろそろ戻るよ。さっきも言ったけど、バンケットの責任者で忙しいんだ」

それを聞いた詩乃は、思わず宇賀の袖を引っ張った。

「ねえ、バンケットでは箏《こと》の演奏も披露されるってあったけど、奏者は誰なの？　生演奏は久しぶりだから、とても楽しみ！」

「名前は部署に戻らなければわからないけど、東京でプロ活動されている方だよ。……詩乃は最近弾いてないのか？」

「うん、働き出してからは一度も……」

詩乃は寂しそうに笑い、自分の指の腹を見る。いつの間にか箏《こと》タコは柔らかくなってしまい、今ではその感触すらない。

それほど箏《こと》から離れていると思うと、気持ちが沈んできた。

あんなに好きだったのに……

「また弾き始めたらいいさ。詩乃がこれまでに培《つちか》った技術は、ちょっとやそっとでは失われないと思う。身体がしっかりと覚えてるから」

「ありがとう。ああ、潤二と再会できて本当に嬉しい」

宇賀の優しい言葉に、詩乃の胸が温かいもので満たされていく。

二人して微笑みながら目を合わせ、友情に感謝していたその時だった。

「仲がいいんだな」

急に遥斗の声が響き、詩乃はその場で飛び上がった。すぐさま振り返るが、彼の鋭い眼差しを受け慌てて宇賀の傍を離れる。

「は、遥斗さん！　いったいどうされたんですか？　まだ休憩されているとばかり思ってました」

しかし、遥斗は詩乃の問いに答えず、宇賀だけを見つめている。

ただならぬ雰囲気に不安を覚える詩乃の横で、遥斗がさらに一歩進み出た。

「バンケットプランは見事だった。大峯と同級生ということは、社会人二年目かな？」

「はい」

「その年齢でバンケットの責任者とは、大抜擢だな」

「大学時代に旅行会社でバイトをしていた経験を買われ、現在も伸ばしていただいております」

宇賀の言葉に、遥斗が満足げに頷く。

「木下さんは、部下の得意分野をよく把握してる。各々のいい部分を見て、振り分けているのがわかったよ。ところで、うちの大峯とこんなに仲がいいとは思わなかった」

最初は普通に宇賀を褒めていたのに、次第に言葉に含みを持たせた言い方に変わる。

しかし、宇賀はそれに気付かない。恐縮しながらも頬を緩《ゆる》めた。

「彼女とは腐れ縁なんですが、就職してからは一度も会っていなかったので、部署に戻る前に一言だけ挨拶《あいさつ》したいなと思っていました。そうしたら偶然彼女が出てきて、それで少しだけ昔話を……」

「なるほど。たった一年会っていなかっただけでも、長話するほど積もる話がある親密な仲というわけか」

遥斗は表情を変えないものの、言葉には鋭い棘《とげ》があった。

まさか、遥斗が宇賀に対してこんな態度に出るなんて……

詩乃でさえ気付いたのだから、宇賀が察知できないはずがない。

予想どおり、宇賀が取り乱しながら頭を下げた。

「申し訳ございません！」

どうして一方的に宇賀を責めるのか。叱るとしたら、彼に話しかけた詩乃であるべきだ。

詩乃は割って入ろうとするが、そうするよりも先に遥斗が口を開いた。

「もしや、二人は……深い関係だったとか？」

その突拍子もない問いに詩乃は驚くが、宇賀も同じ気持ちだったみたいだ。彼もどう答えていいのかわからないとでも言うように目を白黒させて、詩乃をちらっと見る。

眉間に皺《しわ》を寄せた詩乃は、遥斗にわからないようにかすかに首を横に振った。目で〝何も説明しなくていい〟と訴える。

詩乃たちはただの親友だが、わざわざそれを上司に説明する責任はない。

遥斗が何故詩乃たちの関係を探るのかはわからないが、好きなように考えればいい。

「潤二……宇賀さんとの関係は個人的なことなので、一言でお答えはできません」

神妙な顔で返事をする詩乃に、遥斗が〝どういう意味だ？〟と言わんばかりに片眉を上げる。しかし、ほんの数秒後にはその表情が消えた。

「なるほどね、そういうわけか……。だが仕事中は慎《つつし》むべきだ。会長のところでは自由が利いたかもしれないが、俺の部下である以上自重してもらいたい」

それってどういう意味だろうか。

遥斗の真意はわからなかったが、どちらにしろ宇賀に会うのを止められなくて良かった。

詩乃は口元を緩《ゆる》めて、首を縦に振った。

「わかりました。また休憩時間にでも宇賀さんと話します」

「……勝手にすればいい」

遥斗が顔を背《そむ》け、興味もないと態度で示す。その時、岩井がバンケットルームから出てきた。それを見た遥斗が、宇賀に向き直る。

「宇賀さん、我々は次の予定があるので、これで」

遥斗の言葉を受けて、宇賀が姿勢を正して恭《うやうや》しく一礼する。

遥斗たちが歩き出すのに合わせて詩乃も続くが、途中で心配になり宇賀に目線を移した。宇賀は難しい顔をして詩乃を見つめている。

目が合うや否や、宇賀は小さく頭を振り、遥斗たちとは別の廊下へ進み始めた。

その様子に小首を傾げながら前を向いた際、肩越しに詩乃を見ていた遥斗の鋭い眼差しに射貫かれた。

詩乃は狼狽《うろた》えつつもそれを抑え込み、遥斗らに追いつく。

「す、すみません。何か仰《おっしゃ》いましたか？」

「これから総料理長に会いに行く」

遥斗はそう言っただけで、特段詩乃を咎《とが》めはしない。再び背を向けて歩き出した。

ホッと安堵した詩乃は、別館に到着した時にはあまり集中して見られなかった内装を見回す。

なんて素晴らしいのだろうか。趣向を凝らした純和風の内装に、目が釘付けになる。

ブラウン系の絨毯《じゅうたん》が敷かれた廊下、木を格子状に組んだ和モダンな壁。そこに和傘を模した照明が加わり、情緒あふれるコントラストが生まれていた。

レストランも同じで、食事を取るテーブル席や掘りごたつ形式の個室も、同じモチーフの内装だ。

詩乃は早歩きで岩井の隣に並び、彼を見上げた。

「お食事を取る場所でも和テイストを前面に押し出しているんですね。となれば、宿泊のお部屋はどんな感じなのか、とても気になります」

「遥斗さんの部屋は離れだから見られないけど、僕らの部屋は別館のスイートになる。充分目を楽しませてくれると思うよ」

「ス、スイート!?」

詩乃が目をぱちくりさせると、岩井は笑った。

「そんじょそこらのホテルと思うなかれ……だ。ここはハイクラスのホテルだよ。うちを定宿としてくれる富裕層の外国人も増えてきた。そこに海外の旅行会社も目をつけるほどだ」

「つまり、海外の富裕層にも満足してもらえるよう、部屋にも趣向を凝らしていると？」

「海外にも事業を広げるならな。顧客の口コミが宣伝になる」

岩井との会話に、遥斗が口を挟んだ。しかし詩乃たちを見るのではなく、宿泊客が食事を取るレストランを注視している。

「確か、海外に進出しているのは――」

「台湾、バリ島、ハワイだ。興味があるのか？」

詩乃の独り言に遥斗が返事し、彷徨《さまよ》わせていた視線を向ける。詩乃は目を輝かせて頷いた。

「もちろんです。会長にホテルについて勉強するように言われて、遥斗さんの個人秘書になったわけですし」

「それだけが理由じゃないだろう？」

鋭く言われて、詩乃の笑みが消える。

遥斗に国安会長の密命を打ち明けて以降、彼は詩乃が東京に出てきた理由を探らなくなった。代わりに、彼の目には苛立ちに似た戸惑いのようなものが宿っている。

それが、以前よりも居心地が悪い。

これなら〝何を企《たくら》んでいる？〟と問い詰められていた時の方がまだマシだ。

詩乃が口籠《くちご》もっていると、奥から白衣姿の男性が歩いてきた。

「お待ちの方がいらっしゃったようです」

岩井に言われて遥斗が振り返り、五十代ぐらいの男性を迎えた。

「遥斗さん、お久しぶりです！」

「ご無沙汰しております」

「先ほど立ち寄ってくださったのに、席を外しており申し訳ありません」

「やめください！　伊沢料理長は父の友人なんですよ」

友人？　……えっ、伊沢料理長⁉

二人が談笑する中、詩乃の脳裏に国安会長から渡されたフィアンセ候補の資料が浮かんだ。

どうして思い出さなかったのか。フィアンセ候補の二番手、伊沢麗子の父親はKUNIYASU リゾートホテル〝蒼〟の総料理長で、遥斗の父親の友人だ。

「そう言われても、公私の場ではきちんとケジメをつけなければ……」

伊沢料理長に言われて、遥斗が柔和な面持《おもも》ちで軽く頭を下げる。

これほど心を許す関係だとは思わなかった。

詩乃が戸惑いながら二人を交互に眺めていた、その時だった。

「遥斗？」

女性の声が響き、詩乃はそちらへ顔を向ける。料理人用の白衣を着たショートカットの涼しげな美女が、こちらに近づいてくるところだった。

すらりと手足が伸びた背の高いこの女性を、どこかで見た覚えがある。小首を傾げて記憶を探っていると、遥斗が大きく息を呑んだ。

「麗子⁉」

遥斗が親しみを込めて女性を呼び捨てにするのを聞いて、たちまち彼女の顔と名前が一致する。フードコーディネーターとしてメディアにも露出しているので、見覚えがあって当然だ。

彼女こそ伊沢料理長の娘、フィアンセ候補の二人目……

「久しぶりね」

目鼻立ちがくっきりした伊沢が、凛《りん》とした振る舞いで遥斗に挨拶《あいさつ》する。

女性から見ても、とてもカッコいいキャリアウーマンといった美女だ。

そんな伊沢も、鈴森と同じで遥斗に好意を持っていると思い込んでいたが、その振る舞いは淡々としている。

もしかして、伊沢は詩乃と同じでフィアンセ候補に名を連《つら》ねたいとは思っていない？

「まさか、君までここにいるとは……。仕事は大丈夫なのか？」

「忙しいに決まっているでしょう？　だけど、父が猫の手も借りたいぐらいだって言ってたから、助けるために来たの。もちろん、今回のプレゼンであたしの案を取り入れるとは限らないけど」

遥斗が伊沢との距離を縮め、親しげに顔を覗《のぞ》き込む。

初めて見る遥斗の温和な姿に、詩乃は息が止まりそうになった。

「ありがとう、麗子」

お礼を言われて、伊沢の頬が緩《ゆる》む。まるで蕾《つぼみ》の花がぱーっと花開いたように明るくなった。しかもそこには、大人の女性としての艶《つや》もある。

鈴森が可憐《かれん》なパンジーなら、伊沢は凛《りん》と佇《たたず》む薔薇《ばら》のようだ。

「お礼を言われる筋合いはないわ。父のために来たんだもの」

「俺のため……と言わないところがいい」

「遥斗のために頑張るわけないじゃない。あたし自身はホテルと無関係なんだから。知ってるでしょう？」

「麗子のそういう竹を割ったような性格、昔から好きだよ」

「はい、はい。好きになってくれて、どうもありがとう」

伊沢が片眉を上げて嫌味っぽく言うが、遥斗は気にせずただ笑みを浮かべた。

鈴森とは違う、二人の仲睦《なかむつ》まじい姿。

詩乃はこれを願っていたはずだ。フィアンセ候補の一人と遥斗が親しくなるのを……

なのに、何故か喜んで応援する気持ちになれなかった。

自分でもおかしいと思う。でも、遥斗の瞳に浮かぶ伊沢への好意や尊敬の色に、ショックを受けていた。

「ところで、そちらの女性は？　もしかして、新しい部下なの？」

「ああ……そうなんだ。祖父が自分の秘書を俺に寄越してね。ホテル事業を学ばせてほしいと頼まれて、今は俺の個人秘書として傍に置いてる」

そう言って遥斗が振り返るが、詩乃を目にした途端ほころんでいた表情が少しずつ消えていった。

それを見て、詩乃は自分の感情が顔に出ていたと気付く。笑って誤魔化そうとするが、顔が強《こわ》張《ば》って上手く取り繕《つくろ》えない。

「いつまで？　……もしかしてずっと？」

「ん？」

伊沢に問いかけられて、遥斗が彼女に視線を戻す。彼の心を覗《のぞ》くような眼差しが逸れて、詩乃はホッと胸を撫で下ろした。

どうしてショックなのか、その理由を考えるのはあとでいい。とにかく今は、普段の自分を取り戻さなければ！

「彼女、いつまでいるの？」

「夏までと聞いている」

「……そう」

遥斗の返事に、伊沢が安堵したかのように小さな声を漏らした。

「あなたのお名前は？」

突如話しかけられて、詩乃はいつの間にか伏せていた面《おもて》を上げる。顔から笑みを消した伊沢は、冷静な顔つきで詩乃を観察していた。

詩乃はそれに若干のプレッシャーを受けながら、伊沢に軽く会釈《えしゃく》する。

「大峯詩乃と申します」

「大峯……詩乃？」

伊沢は詩乃の名前を繰り返し、ほんの僅《わず》か小首を傾げて「どこかで聞いたような？」と呟《つぶや》く。

途端、詩乃はドキッとした。

もしかしてわたしの素性がバレる⁉　——とびくびくしていたが、伊沢が「気のせい？」と言って軽く首を横に振る。それを見て、詩乃は肩に入っていた力を少しずつ抜いていった。

「まあ、いいわ。夏までだったら会うのは今日で最後かもね。でも、もしまた会ったらよろしくね」

「こちらこそよろしくお願いいたします」

詩乃が挨拶《あいさつ》を終えると、伊沢は再び遥斗に目を向けた。

「遥斗、あたしはこれから父と打ち合わせがあるの。これで失礼するわ」

「ああ。悪いが、伊沢料理長を支えてくれ」

「もしや、私の方が娘より創作力が足らない……と責めてるのかな？」

「そのような意味では！」

目を白黒させる遥斗に、伊沢料理長が笑った。

「わかってます。ちょっとした意地悪ですよ。もう娘を遥斗さんに取られてしまった気がしてね」

その言葉に反応した詩乃は、伊沢親子と遥斗を交互に見つめた。

伊沢料理長は寂しそうに、伊沢は無表情で目線を手元に落とし、そして遥斗は苦笑いを浮かべている。

三人の親密な関係を何故か見ていられず、詩乃は顔を背《そむ》けた。

これまでと何が違うのかまったくわからないが、はっきりしているのは、詩乃の心に変化が生じているということだ。

わたし、いったいどうしちゃったの？　――と自分に問いかけるも、心に靄《もや》がかかって答えを導《みちび》き出せない。確かに詩乃を揺さぶってくるものがあるのに、正体が掴《つか》めなかった。

詩乃が東京に来たのは、遥斗に鈴森か伊沢を推し、三番手の自分が候補から外れるためだ。

現在、遥斗は鈴森ではなく伊沢とくっつきそうな気配がある。この状況に満足してもいいはずなのに、それを喜べないなんて……

「その件に関しては、また改めて。手を止めさせてしまい申し訳ありませんでした。どうぞよろしくお願いいします」

遥斗は伊沢親子に挨拶《あいさつ》して、その場をあとにした。

廊下に出たところで、遥斗が岩井に声をかける。

「木下さんに、俺たちは会議室でプレゼンの最終確認をすると伝えてほしい。もしフィードバックがあればもらってきてくれ」

「承知いたしました。大峯さん、何かあれば連絡を」

岩井に言われて、詩乃が力強く「はい」と答えると、彼はロビーへと歩き出した。

詩乃たちはこれから会議室へ向かうのかと思いきや、何故か遥斗はその場を動こうとしない。もしや用事があるのだろうか。だったら先に会議室へ行き、お茶を用意しておこう。

「先に会議室へ行っていますね」

断りを入れて遥斗の横を通り過ぎようとした瞬間、彼に腕を掴《つか》まれて振り向かされた。

「……っ！」

驚いた詩乃は、目をぱちくりさせながら遥斗に焦点を合わせる。彼は眉間に皺《しわ》を寄せ、詩乃を訝《いぶか》しげに見つめていた。

「今回は何も言わないんだな。麗子と鈴森さんとでは違う反応なのは何故？　理由は？」

伊沢を呼び捨てにするのを聞き、またも胸を締め付けられるような痛みに襲われる。

しかし、それを知られたくない詩乃は、さっと顔を伏せて感情を隠した。

「鈴森さまの時は、遥斗さんの気持ちがわかりませんでしたので、彼女を強く推しました。でも伊沢さまと接する遥斗さんを見て、わかったんです。彼女を……お好きなんだと。だから、わたしが間を取り持たなくてもいいと――」

「俺が、いったい彼女のどこが好きだと思った？」

「それは……」

言い淀みながら、遥斗に掴まれた腕を見つめた。導火線に着火したのではないかと思うぐらい、そこがどんどん熱くなっていく。

このままでは火傷《やけど》してしまう！

詩乃は咄嗟《とっさ》に腕を引き、遥斗の手から逃れた。

「わかりません。でも、遥斗さんは伊沢さまをお好きだと言いました」

「麗子とは十代の時に出会って以降、友達付き合いが続いている。彼女はさっぱりした性格で煩《わずら》わしい感情を表に出さない。最高の友だ」

遥斗が吐露した言葉に、詩乃は息を呑んだ。

詩乃がいくら鈴森の良さを口にしても、遥斗は意に介さなかった。なのに、まさか伊沢に対しては、自《みずか》ら好印象を持っているとはっきり言うなんて……

「聞こえた？　麗子は友人だ」

「いいえ、友人ではないと思います。鈴森さまと伊沢さまとでは、接し方が全然違いました。つまり、遥斗さんにとって伊沢さまは特別な女性という意味では？」

遥斗の心の中にいる伊沢の存在を大きくしようとして言ったはずなのに、自分の言葉が鋭い刃となって、詩乃の胸を刺す。

知らず顔をしかめてしまう詩乃を見据えたまま、遥斗が一歩踏み出した。詩乃は下がってそれを避けるも、難なく距離を縮められる。

「は、遥斗さん？」

いつもと様子が違う遥斗にどう対峙《たいじ》すればいいのかわからず、詩乃の脚が震えてきた。

遥斗を恐れているのではない。理由のつけられない感情に囚われる自分が怖くて仕方がなかった。

やがて壁際に追い込まれて背中をぶつける。

「あっ！」

息を吸い込む詩乃に、遥斗が顔を近づけてきた。

だ、ダメ！

詩乃は取り乱しながら遥斗の胸に触れて、これ以上近寄らせないと突っぱねる。

「嫉妬か？」

「し、嫉妬!?」

遥斗が詩乃の瞳を覗《のぞ》き込み、ふっと頬を緩《ゆる》ませた。そこにからかう色はなく、純粋に嬉しがっている風に見て取れる。

詩乃はさらに距離を縮めてくる遥斗を押し返すも、彼はそれをものともしない。

「遥斗さん、わたしがいつ嫉妬したと?」

「俺が麗子と話している時……」

「そんなはずないです」

嫉妬するということは、詩乃が遥斗を好きなのが前提になる。そうであれば、わざわざフィアンセ候補から自分を除外させるような真似はしない。

詩乃は声を荒らげたが、嫉妬という言葉が頭の中でぐるぐる回るにつれて口が重くなり、反論ができなくなった。

遥斗はどうしてこんな嫌がらせをするのだろうか。

確かにフィアンセ候補を見極めるように国安会長に言われたが、伊沢に対しては遥斗の言い分に従っているのに……

詩乃が戸惑っていると、遥斗が詩乃の手の上に自分のそれを重ねた。

「これまでの自分の感情を顧《かえり》みるがいい……。俺と別荘の離れで会った前と、俺の下で働く今では、違うはずだ」

「それは、遥斗さんという人をわかってきたからであって、私的な感情は何も変わってません」

「本当に？　何もないと言い切れるのか？」

遥斗の声が心持ちかすれる。感情の揺れが表に出たことに、詩乃は驚いた。

「だったら、自分で深く考えてみるんだな」

「考えるまでも――」

遥斗さんへの想いなどない――そう言おうとした詩乃に、遥斗が顔を傾けて唇を塞《ふさ》いだ。

「ンっ！」

突然の口づけに、詩乃は大きく目を見開く。

これはどういう意味？　どうしていきなりキスを⁉

拒まなければと思うのに、身体の芯が疼《うず》き、火が点《つ》いたように熱くなる。

遥斗が詩乃の唇を軽く挟み、濡れた舌先でそこを撫でた。

たったそれだけで下腹部の深奥が気怠《けだる》くなり、下肢の力が抜けそうになってしまう。

「……っんぅ」

こんな風にキスを受け入れてはいけないと、頭の片隅では理解している。一方で、詩乃の心にある秘められた感情を引っ張り出すような口づけに抗《あらが》えない。

それどころか、遥斗に求められている事実に、悦《よろこ》びさえ感じ始めていた。

いつしか遥斗の上着をきつく握り締め、情熱的なキスに蕩《とろ》かされるまま瞼《まぶた》を閉じていく。

遥斗の腕が腰に回されると、その手が背中へ滑り、二人の身体がぴったり重なり合うぐらいに引き寄せられた。

「ん……ぅ、んく……」

息苦しさを感じても、もっと遥斗がほしくなる。少しずつ背伸びをして追いかけると、彼が舌で唇をなぞり、するりと口腔《こうこう》に滑り込ませてきた。

「んんっ……！」

舌が動き回り、詩乃の全てを捕らえようとする。攻防に負けて絡められると、双脚の付け根がじんじんしてきた。

何がなんだかわからなくなる。そんな状態なのに、遥斗に今以上に強く抱きしめてと懇願したくなってきた。

「ああ、詩乃……」

口づけの合間に、遥斗がかすれ声で囁《ささや》く。

吐息まじりの声が合図となり、どちらからともなくゆっくり距離を取るが、二人ともお互いの息遣いが届くところで止まった。

詩乃は戸惑う反面、濡れてぷっくりした遥斗の口元から目を逸らせなくなる。

あの唇が詩乃の唇を塞《ふさ》ぎ、舌が口腔《こうこう》を我が物顔で蠢《うごめ》いたのだ。

詩乃は胸の高鳴りを覚えながら、遥斗を食い入るように見つめる。でも、その奥にある焦《こ》げるような欲望に気付き、慌てて彼の腕の中から逃れた。

「詩乃？」

遥斗がもう一度引き寄せようとするのを察し、捕まる前に急いで避ける。

どうして遥斗の傍にいる理由を忘れてしまったのか。

「あの……すみません。わたし、先に会議室へ行っていますね」

「詩乃！」

名前を呼ばれるも、詩乃は逃げるように廊下を走った。

忘れたらダメ。わたしが遥斗さんに近づいた理由を——と何度も自分に言い聞かせる。

でも意思とは裏腹に、詩乃は無意識にキスで疼《うず》く下唇に指を這わせていたのだった。

第四章

――数日後。

スペンサー・トラベルカンパニーの視察団が訪日し、昼過ぎにKUNIYASUリゾートホテル〝蒼〟に到着した。

この日は天候にも恵まれ、空には雲一つない青空が広がり、太陽が光り輝いている。少し気温が高いが、高地の特権で風も冷たくとても過ごしやすい。

全てにおいて、良いスタートを切ったと言えるだろう。

詩乃は清々《すがすが》しい空気を胸いっぱいに吸い込みながら、前方を見た。

一塊の集団――スペンサー・トラベルカンパニーのブラウン氏、国安専務、通訳の三木、遥斗に加え、両社の関係者が歩いている。

本来なら国安専務は夕方入りする予定だったが、昼には到着し、現在遥斗が彼の補佐として傍についている。計画はだいぶ変更になったが、今のところ上手くいっていた。

『では、離れへご案内します。こちらへ』

ハイキングコースを見学したのち、木下が先陣を切ってホテル自慢の離れへ案内する。

緑に囲まれた一棟建てのそこは、全室露天風呂付きの和洋室タイプとなっており、大きな窓からは雄大な風景を眺められた。

プライベート空間が広く確保されているため、カップルでも家族連れでも充分に寛《くつろ》げる。

企画チームは、そういった面を重点的に説明した。

和を取り入れた広々とした室内、ベッドルーム、バンブーランプなどを見て、スペンサー・トラベルカンパニーの視察団は満足げに頷く。

その後は新館に戻り、ホテルが宿泊客に提供している体験型企画を紹介した。

基礎知識が学べる清酒のテイスティング、和菓子作り、風呂敷包みなど、日本の伝統的な文化を実際に体験してもらう。

数時間後にはボードルームへ移動し、最後の締めとしてホテルのPR動画が流された。

直に確認してもらった全室露天風呂付きの離れと共に、四季折々に表情を変える高原の景色が映し出される。

今回は省いたものの、お盆の上にミニチュア日本庭園を造ったり、日本刀や扇の扱い方を学びながら華麗な剣舞を習得できたりする体験の紹介もあった。

「わあ、楽しそう！」

遥斗や岩井から離れた末席でスライドムービーを見ていた詩乃は、自然とそう口にしていた。

ＫＵＮＩＹＡＳＵリゾートホテル〝蒼〟はハイクラスなため、詩乃が気軽に来られるような施設ではない。でも、充実した内容を見ていると、泊まってみる価値はあると思えた。

しかも、世界遺産の富士山まで見えるとなれば尚更だ。

海外から訪れる旅行者も、きっと甘心してもらえるだろう。

あとは料理だが、それは今夜開かれるバンケットで食べてもらう予定になっている。

どうかこの契約が取れますように――そう祈った時、ボードルームのカーテンが開き陽光が射し込んできた。

眩《まばゆ》い光に思わず目を眇《すが》めて、U字に設置されたテーブルを見回す。

スペンサー・トラベルカンパニーの関係者は、時間が経つにつれて口元を緩《ゆる》める回数が多くなった。彼らの正面に座るホテル関係者も、手応《てごた》えを感じている様子だ。

ただ、こういう場に居合わせた経験がないため、これが本当に上手くいっているのか見当がつかない。

詩乃が彼らを窺《うかが》っていると、国安専務が立ち上がった。ブラウン氏も続き、二人が熱く握手する。

遥斗、岩井、木下も腰を上げ、関係者と会話を始めた。

「上手くいきそうだね」

不意に肩に触れられて顔を上げると、宇賀が上体を曲げて詩乃の耳元に顔を寄せていた。

「そう思う？」

「ああ。まだ最終決断には至ってないけど、間違いなく夜のバンケットで決まる」

宇賀は、中央で集まる主要人物たちを顎《あご》で指す。

詩乃もつられてそちらへ意識を向けた際、遥斗が詩乃たちの方に目線を動かした。

瞬間、遥斗の顔が強張《こわば》る。詩乃は慌てて背を向け、宇賀の腕を掴《つか》んだ。

「詩乃？」

「遥斗さんは、まだこっちを見てる？」

「んあ？　あっ……ああ。なんか、凄い睨《にら》まれてる」

宇賀の返事に、詩乃は頭を抱えたくなった。

あの日、遥斗のキスを受け入れて以降、極力彼に近づかないようにしている。もちろん仕事があるので傍に行かないわけにはいかないが、私的な会話をしようものならさりげなく避けた。

そうやってやり過ごすにつれて、遥斗の苛立ちが増したのは言うまでもない。

それはわかっていたが、詩乃は逃げ続けた。口づけの件を話題にされても、自分でも説明できないからだ。

何故あんな風に受け入れてしまったのだろうか。

「何をしたのか知らないけど、上手くやれよ。今は、彼が詩乃の上司なんだから」

「うん……」

「じゃ、もう行くよ。バンケットの責任者だから」

「頑張ってね」

詩乃のエールを受けた宇賀は力強く頷き、颯爽《さっそう》とボードルームを出ていった。

宇賀の姿が消えるまでそちらに目を向けていたが、ずっと立ち尽くしているわけにもいかず、恐る恐る遥斗の様子を窺《うかが》う。

遥斗の意識はもう詩乃になく、国安専務と一緒にブラウン氏と話していた。

『バンケットまで時間がありますので、こちらの部屋をお使いください。すぐにお茶をご用意させましょう。では、私たちは失礼いたします』

ブラウン氏との会話を横で聞いていた岩井が、遥斗の合図で歩き出す。しかし詩乃と目が合うと、彼はちらっと後方を見てからこちらへ来た。

「これからラウンジに注文してくる」

「わかりました。でも、どうしてここを提供するんですか？」

「今回のプレゼンを受けて、相手方もミーティングを行いたいだろう。その時間をあえて先方に与えるんだ。全て契約をスムーズに進めるためだよ。じっくり検討してもらってからの契約の方が、いい結果を生むしね」

「なるほど……」

そういえば、国安会長も無理に商談をまとめない。

迅速に進めればいいのにと思ったことが何度もあったが、不思議なことに、時間をかけてお互いに納得した上で契約する方が、より良い関係を築けていた。

本社でもそういう考えなのかもしれない。

詩乃が頷くと、岩井が口元をほころばせて目で後方を指した。

「僕がいない間、遥斗さんの傍にいてくれるかな」

えっ!?　それは困る！　――そう思った瞬間、詩乃は素早く動いて岩井を止めた。

「お茶の用意ですよね？　わたしにお任せください」

「いいのかい？」

「はい」

「じゃ、お願いするよ。……今日の仕事はこれで終わりだけど、一時間後にバンケットルームに戻ってきてくれるかな？」

それは既に朝会で伝達されていた。

バンケットは仕事ではないが、一種の慰労会と思ってそこで夕食を取るようにと……

「わかりました。では、行ってきますね」

岩井にそう告げると、詩乃は新館のラウンジへ向かった。

「すみません……」

入り口にいたウェイターに声をかけ、ボードルームに紅茶を出すようにお願いした。スコーンも添えてほしいと頼む。

「わかりました。すぐにお持ちいたします」

「よろしくお願いします」

そして詩乃は、廊下に出て岩井に注文完了のメッセージを送った。

間を置かずに返事が届いたあと、詩乃は念のため紅茶とジャムが添えられたスコーンが運ばれていくのを確認する。

それから休憩に入り、別館に与えられた自分の部屋に身を隠した。

――五十分後。

そろそろバンケットが始まる。

薄闇に包まれた空、綺麗に瞬《またた》く一等星を見ながら、詩乃は再び新館へ移動し、急ぎ足でバンケットルームへ向かう。

その時だった。

「詩乃！」

切羽詰《せっぱつ》まったような声で呼ばれて振り返ると、宇賀が凄い形相で走ってくるのが視界に入った。

「潤二？　いったいどうしたの？」

「緊急事態発生！　ちょっとこっちに来てくれ！」

「はあ？　……何を言って……あっ！」

宇賀は急に詩乃の腕を掴《つか》み、引っ張るようにして走り出す。

「ちょっ……潤二！　きちんと説明して！」

「あとでするから、とりあえず今は一緒に来てくれって！」

詩乃の問いに答えようともせず、宇賀はロビーがある方に向かう。外へ出るのかと思いきや、エントランスではなく大階段を駆け上がる。踊り場に近いドアを開けて、詩乃をそこに引き入れた。

「いったい何を――」

詩乃は痛みが走る腕を擦《さす》り、周囲を見回す。

室内には、裾引き着物を着た三、四十代ぐらいの女性たちや、御召《おめし》の羽織袴姿《はおりばかますがた》の男性たちがいた。

前者は扇や唐傘《からかさ》を手に持ち、後者は三味線を抱えている。

宇賀が迷いもなくここに入ったのもあり、彼女たちはバンケットで披露する演者なのだと理解する。でも、詩乃をここに連れて来た理由は不明のままだ。

詩乃は彼女たちに会釈《えしゃく》して邪魔したことを詫び、今も肩で息をする宇賀を見上げる。

「どうしてわたしをここに連れて来たの？」

「彼女たちが何をする人なのかわかる？　皆、バンケットに出てもらう人たち――」

「宇賀！」

額《ひたい》の汗を拭《ぬぐ》って事情を説明しようとする宇賀を遮《さえぎ》るように、彼を呼ぶ声が響き渡った。

振り返ると、そこには企画チームの一人で宇賀の同僚がいた。詩乃を認めると黙礼だけし、すぐに彼に視線を戻す。

「もう時間だ。彼女たちを連れて行く」

「あ、ああ……。よろしくお願いします」

宇賀の同僚は待機していた女性と男性を引き連れて、部屋を出ていった。

控室には、詩乃と宇賀だけになる。途端、詩乃は彼に肩を掴《つか》まれ振り向かされた。

「詩乃、僕を助けてくれ！」

「助け？　……いったいどうしたの？」

「実は――」

宇賀は息を継ぐのを忘れたかのように、一気にまくし立てた。

バンケットに出演予定の箏《こと》の奏者が、ホテルに到着したあと演奏の準備をしていたが、階段を踏み外して転んでしまい病院に運ばれたという。

「詳しい症状はまだ聞いてないけど、足首を骨折したらしい。それで……彼女に他の奏者を紹介してくれないかって頼んだら、三十分やそこらでホテルに到着できる人はいないって言われて」

女性の言うとおりだ。代行者がいたとしても、ここは都内ではないので、短時間で到着できるはずがない。

「落ち着いて」

慌てふためく宇賀の気持ちを和《やわ》らげようと、詩乃は彼の肩を優しく叩く。

しかし、そう簡単に心が休まるはずがない。

宇賀はバンケットの責任者で、何がなんでも成功させなければと思っているからだ。

冷静さを失った宇賀の代わりに、詩乃はどうやってこの難を乗り越えればいいのかと考え始めるが、すぐに〝無理してどうにかしなくてもいいのでは?〟という思いに至った。

奏者がいなければ、その部分をカットすればいいだけの話。バンケットはあくまで余興なのだから。

「潤二のプランが上手くいかなくなったのは残念だけど、事故なら仕方ないと思う。ここは、箏《こと》の演奏は飛ばして、タイムテーブルを縮めたら?」

「本来ならそうするさ!　……一ヶ月前に、ブラウン氏から箏《こと》の演奏が聞きたいっていう要望が入っていなければ。それで上と相談して、奏者を用意したんだ。楽しんでもらえたら、契約も上手くいくんじゃないかと思って」

そういえば、プレゼンテーションの最終チェックをしていた際、遥斗はバンケットの企画に満足していた。

もし遥斗からも要請があって箏《こと》の奏者を入れたとなれば、大変なことになる。

緊急事態とはいえ、箏《こと》のプログラムがなくなれば、ブラウン氏にも遥斗にも悪い印象を与えかねない。

詩乃が呆然と宇賀を見ると、彼が短い髪を掻きむしった。

「バンケットは僕が責任者だ。仮にこれで契約が流れでもしたら、取り返しがつかない」

顔を青ざめさせた宇賀が、急に詩乃の両手を自《みずか》らの手で包む。

「僕は君が全国大会に出場し、賞も取れるほどの腕前だって知ってる。頼むよ、代わりに箏《こと》を弾いてくれないか？」

想像もしなかったお願いに驚き、詩乃は思わず目をまん丸にさせる。

「ま、待って！　大学を卒業してからずっと触ってないって話したでしょう？　忘れたの？」

「覚えてるさ。でも、これは詩乃にしか頼めない」

宇賀の懇願に、詩乃はおろおろする。

助けてあげたいのは山々だが、本当にしばらくの間箏《こと》に触れていないので、上手く指を動かせる自信がない。

「潤二、バンケットで失敗する危険は冒《おか》せない」

「失敗しても、詩乃を責めはしない。僕が腹をくくればいいだけの話だ。でも、何もせずに諦めるのは嫌だ。詩乃も……どうにかしてフィアンセ候補から外れようと思って、乗り込んだんだろう？それと同じだよ」

早口で言い切った宇賀は一息吐き、自分を嘲笑するように顔を歪めた。

「自分で動いてる詩乃と、他力本願な僕とでは違うけど……」

あまりにも辛そうな言い方に、詩乃は堪《たま》らず瞼《まぶた》を閉じた。

宇賀は詩乃に賭けたがっている。やらないで後悔するより、やって失敗した方がいいと決断したのだ。

そこまで覚悟を決めているのなら、詩乃も友人のために一肌脱ごう。

詩乃は深呼吸をして意思を固めると、宇賀と目を合わせた。

「わかった。どうなるか想像もつかないけど、やれるだけやってみる」

「本当!?　ああ、詩乃！　ありがとう！」

宇賀は感極まった声で礼を言い、天井を仰《あお》いだ。

「詩乃、時間がないんだ。もう三十分もない。着物は貸衣装で借りるから、まずそっちへ行こう」

宇賀が動き出したので詩乃も続こうとし、途中で立ち止まった。

「ちょっと待って！　歩きながらでいいから、先に連絡を入れさせて」

詩乃はスマートフォンを取り出して岩井の番号を表示させると、すぐさま宇賀に〝行こう〟と目で促《うなが》す。

廊下に出て階段を駆け下りていた際、岩井の応答する声が聞こえた。

「大峯です。あの……そちらに行くつもりだったんですが、一時間ほど遅れそうです」

『何故？　あっ、ちょっと待って』

『詩乃か？』

突如、聞こえるはずのない遥斗の声が響く。仰天した詩乃は、階段を踏み外しそうになった。

悲鳴を上げそうになるのをぐっと堪《こら》え、慌てて手すりを掴《つか》む。転げ落ちず済んだとホッとするが、心臓は激しく弾んでいた。

そうしながらも遥斗の問いかけに返事をし、ゆっくり階段を下り始めた。

『今どこにいる？』

「新館です。先ほど岩井さんにもお伝えしましたが、一時間ほど遅れます」

『一時間？　いったい何があった？』

「少し用事ができて……。ですが、バンケットには必ず顔を出しますから」

『わかった』

遥斗が認めた時、宇賀に「早く！」と手招きされる。詩乃は彼に続いて、早足で貸衣装の店に入った。

『今の声……。もしや、宇賀さんか？　どうして彼と一緒に？』

詩乃は遥斗に問われても答えなかった。ちょうど四十代ぐらいの女性スタッフが現れたためだ。

「すみません。またあとで説明します。上手くいったら、何かご褒美《ほうび》をくださいね」

『ご褒美《ほうび》？　いったい何を……おい、詩乃？』

「失礼します」

詩乃は電話を切り、電源をオフにする。そして宇賀と一緒に女性スタッフの前に進み出た。

「いらっしゃいませ」

「至急着物を借りたい。彼女が映えるような色のものを出してくれないかな」

宇賀がすかさず女性スタッフに社員証を見せ、仕事で急いでいると伝える。

女性スタッフが奥へ向かうと、詩乃たちも彼女に続いた。

本来なら真っ白なウェディングドレスやカラードレスに目移りしてもおかしくないが、そちらには一切興味はない。女性スタッフが並べる正絹《しょうけん》の加賀友禅や京友禅の着物を、順番に見始めた。

しかし、短時間で着付けと髪を結うには無理がある。どうしようかと悩みながら着物を眺めていた時、不意に髪を結わなくても体裁を保てる方法に気付いた。

それは袴《はかま》だ。袴《はかま》なら髪を下ろしていてもおかしくはない。〝日本の民族衣装〟イコール〝着物〟と思っている海外の人には、きっと受けもいいはずだ。

「すみません、着物ではなく袴《はかま》にします。選んでいただけますか？」

女性スタッフが詩乃を観察したのち、二尺袖に袴《はかま》、半衿《はんえり》などを取り出す。

「お客さまに似合いそうな色を選びました。華やかでありながら清楚な雰囲気が出ると思います」

畳の上に広げられたものは、黒地に豪華な金彩を施《ほどこ》した牡丹桜《ぼたんざくら》の着物だった。とても妖艶《ようえん》な色合いだが、袴《はかま》をえんじ色にすることで可愛らしさも兼ね備えている。

絶妙な組み合わせに、宇賀も横で小さく感嘆の声を漏らす。

「ありがとうございます。これを借りたいと思います」

「じゃ、僕は外にいるから」

宇賀が席を外すと、詩乃は女性スタッフの手を借りて袴《はかま》を身に着けた。簡単に半ポニーテールにした髪に牡丹桜《ぼたんざくら》の飾りを付け、赤の強い口紅を塗る。

大きな鏡に映し出されたのは、大正ロマンを感じさせる華やかな袴姿《はかますがた》だった。

大満足した詩乃はカーテンを開け、宇賀の名を呼んだ。

外で待っていた宇賀が振り返って詩乃を見た途端、顎《あご》が外れるのではないかと思うぐらい口を開けた。最初は瞬《まばた》きすらしなかったが、おもむろに目をぱちぱちさせる。

「本当に、詩乃？　ものすごい化けた――」

とそこまで言って我に返った宇賀が、すかさず「ごめん」と謝った。

詩乃は文句の一つでも言いたかったが、今はそれどころではない。

女性スタッフから着替えた服を受け取ると、詩乃は彼女にお礼を言って宇賀と店を出た。

「さっき、進行を担当している同僚に連絡を入れたんだ。そうしたら、タイムスケジュールどおりに進んでるって。今、前の演者が終わって撤収作業に入ったらしい」

「つまり、ちょっとでも練習する時間すらないのね。一年以上ぶりなのに……！」

詩乃は両手を揉みしだいて指を動かすも、ぎこちなさがあった。緊張のせいもあるかもしれない。

不安を抱きながら、ロビーを通り過ぎてバンケットルームへ続く廊下へ向かう。

その先では、誰かがそわそわとその場を行ったり来たりしていた。しかし、宇賀を見るなりこちらの方に走り出す。彼らは企画チームの人たちだった。

「ギリだぞ！」

「すみません。間一髪で代理の準備ができました」

宇賀が詩乃を指すと、彼らが詩乃をまじまじと見つめる。

「まさか国安部長の秘書に、こういう特技があったとは……。俺たち、命拾いしたな。さあ、急いでバンケットルームへ行こう」

彼らに次いで、詩乃も宇賀と共に小走りで追いかけた。

バンケットルームの入り口にたどり着いた時には息が切れ、ほんのり肌が湿っていた。手の甲で汗を押さえる詩乃の前を、料理を手にしたウェイターやウェイトレスが引っ切りなしに行き交う。

「今、舞台の準備をしているところだ。完了次第、詩乃に入ってもらう」

「う、うん……」

歯切れが悪いのは、一層緊張が高まってきたためだ。

コンクールではないのだから、そこまで身構える必要はない。そう思うのに、次第に呼吸の間隔が狭まり、浅い息しかできなくなる。手のひらが汗ばんでくるにつれて、指先が冷たくなっていった。

「詩乃、行くぞ」

「ちょっと、待って！」

詩乃が咄嗟《とっさ》に宇賀の腕を掴《つか》んだ時、誰かと強く接触してしまう。その衝撃で、ガシャンと食器がぶつかる音が響いた。

「申し訳ございません！」

すぐさまウェイターが謝り、トレーの上で倒れた数個のグラスを起こす。詩乃にはかからなかったが、そこに入っていた透明の液体がトレーに零《こぼ》れてしまっていた。

液体で濡れた、六角籠目紋《ろっかくかごめもん》が施《ほどこ》された江戸切子のグラス。

照明を受けて輝くグラスを見て、詩乃は舌根が乾くほど喉の奥がからからになっていることに気付く。

詩乃は、自然と喉元に触れた。

ああ、江戸切子のグラスに入った水でも飲んで、喉を潤《うるお》したい。しかし、それは客に出されるもの。勝手に飲めるはずはない。

「誠に申し訳ございません。お着物は大丈夫ですか!?」

「大丈夫です……」

詩乃がそう返事すると、宇賀がウェイターに社員証を見せてこのホテルの関係者だと伝える。それを確認した彼は、小さく安堵の息を吐いた。

クレームなどの心配をしたのだろう。

「もし何かありましたら、ご連絡ください。では失礼します」

ウェイターがバンケットルームとは逆の方向へ進もうとするのを見て、詩乃は反射的に「待って！」と彼を呼び止めた。

「あの、もしかして……それ、全て新しいのに取り替えるんですか？」

「もちろんです。濡れたものはお出しできません。それに一度洗わないと、ベタベタ——」

「だったら、わたしにください！」

驚くウェイターを尻目に、詩乃は綺麗な青い色をした江戸切子のグラスを掴《つか》む。そして、その中身を一気に飲み干した。

直後、喉元がカーッと熱くなり、数秒後には身体中が炎の塊《かたまり》になったかのように燃えていく。

えっ？　水じゃなかったの⁉　——と思った時には既に遅かった。胸の奥を焦《こ》がす熱と口腔《こうこう》に広がる匂いから、間違いなくわかった。これはお酒だ。

詩乃は目の前がぐるぐる回るような気がして、堪《たま》らず瞼《まぶた》を閉じる。

「大丈夫ですか？　それ、清酒なんですけれど」

「ええっ、お酒⁉　お前、めちゃくちゃアルコールに弱いのに、自分がいったい何をしたのかわかってるのか⁉」

「お水だと思ったのよ」

それ以上何も言わないでと告げるように片手を上げ、詩乃は小さく頭を振った。

水分を補給できたおかげで喉は潤《うるお》ったが、代わりに身体の力が抜けていく感覚に襲われる。

そのことに頭を抱えたくなったが、同時に先ほどまで張り詰めていた緊張の糸が緩《ゆる》んでいるのに気付いた。

「もしかして、これって……」

「な、なんだよ。怖いことを言うのは止めてくれよ。動けないとか眠いとか……」

宇賀は不安そうな顔で詩乃からグラスを奪い、それをトレーに戻す。

詩乃はそんな宇賀を見ながら、深呼吸をした。

「その逆よ。なんか、いい感じに肩の力が抜けてる。このまま行けそう」

途端、宇賀はぱーっと顔を明るくさせた。

「じゃあ、あとは任せた！」

宇賀の言葉が合図となり、ホテルの従業員がドアを開ける。

詩乃の視界に飛び込んできたのは、照明が当たる小さな舞台。その中央には箏《こと》が置かれており、奏者を待っていた。

詩乃は引き寄せられるように、バンケットルームに足を踏み入れる。

途端、会場の喧騒が少しずつ遠ざかっていった。代わりに心臓が早鐘を打ち、身体中の熱が一気に燃え広がっていく。

それが緊張のせいか、それともアルコールのせいかはわからない。これが、吉と出るか凶と出るかもだ。

ただ今の詩乃は、奏者を待つ箏《こと》しか目に入らなかった。

第五章

――バンケットが開始される、数分前。

舞台正面に設《もう》けられた円卓の貴賓席《きひんせき》には、スペンサー・トラベルカンパニー視察団の責任者ブラウン氏、彼の側近数名、そして国安専務と企画チームの木下などが座っている。

遥斗は彼らから離れた後方の席に座り、既に仕事を終えている企画チームをねぎらっていた。今回の仕事に熱を持って話すのを真剣に聞き、問いにはしっかり答える。

但《ただ》しそれは表向きの態度で、実際は落ち着かなかった。詩乃の行動が一切わからないせいで、遥斗の心が乱れていたためだ。

その時、岩井が近寄ってきた。目の端で彼を捉《とら》えた遥斗は、そっと椅子に凭《もた》れて身を反る。

「詩乃は？」

「すみません。電源を落としたようです」

岩井が上体を屈《かが》めて、遥斗の耳元で囁《ささや》く。

「あいつは、いったい何をしてるんだ」

遥斗は落ち着かない気持ちを抑えられず、膝に置いた手に力を込める。

そうしながらも、ウェイターが行き来する出入り口のドアを何度も見た。もう少ししたら詩乃が飛び込んでくるのではないかと期待するも、彼女の姿が現れることはなかった。

「探してきましょうか？　新館にいなければ、別館かもしれません。忘れ物があって部屋に戻ったとも考えられます」

「いや、子どもじゃないんだ。しかも、今は仕事中でもない。そこまで岩井が気を配る必要はない。それに――」

詩乃は〝上手くいったら、何かご褒美《ほうび》をくださいね〟と言っていた。

いったいどういう意味だろうか。

答えを求めてドアを見るが、物言わぬそこが回答してくれるわけもない。そんな風に詩乃を気にかけてしまう自分に、またも胸の奥がもやもやしてきた。

「いや、なんでもない。詩乃が来たら教えてくれ」

「わかりました」

そう返事をすると、岩井は設《もう》けられた自分の席へと向かった。

それを目の端で捉《とら》えながら、遥斗は力なくため息を吐いた。

どうして詩乃は、こんなにも自分を悩ませるのだろうか。

祖父の別荘で会った時から、詩乃は遥斗の心を引っ掻き回した。彼女を預かったあとも、視界に彼女が入ると胸がざわつき、いなければいないで気になって、その姿を無意識のうちに探す始末。

いったい何をやっているんだか……

その時、遥斗は人生で初めて特定の女性のことばかり考えていると気付いた。

女性に対して、今まで一度も心を揺さぶられた経験がない俺が!?　もしや、彼女を――と思ったところで息が止まりそうになる。

それを払拭《ふっしょく》するように激しく頭を振り、脳裏に浮かんだ言葉を追い払った。

詩乃が気になるのは、祖父の命令を受けて来たからだ。彼女に何かあれば、祖父は決して心穏やかに過ごせない。だから心配しているに過ぎない。

「考えるな」

余計な感情を押しやろうと小声で自分を叱咤《しった》し、手にしたビールを一気に飲んだ。

「いい飲みっぷりですね」

同年代ぐらいの企画チームの社員に話しかけられて、遥斗はそちらに顔を向けた。

「先方の反応がとてもいいので。これも企画チームの皆さんのおかげです」

「そう言っていただけるだけで、この先も頑張れます」

社員の素直な態度に好印象を抱きながら、遥斗は彼の方に身を乗り出した。

「そういえば、ホテルの敷地内に未開発の空き地がありましたよね？　帰京前に寄ろうとは思ってますが、そこの活用法について企画を上げてもらえますか？　本社の会議で参考にしたいので」

「北西の地ですね？　わかりました。木下に伝え、またご連絡させていただきます」

「よろしくお願いします」

仕事の話を終えたのち、再び周辺の環境の件で意見を交わす。

そうして五分ほど経った頃、会場内の眩《まばゆ》い照明が絞られていく。司会者にスポットライトが当たり、バンケットが始まった。

遥斗の前にも先付けとなる山海の珍味を盛り付けた杉盆と、肴《さかな》に合う日本酒が置かれた。伊沢総料理長が考案したバンケット用の懐石料理だ。

貴賓席《きひんせき》を見ると、ブラウン氏たちは満足そうにそれらを食べている。

遥斗は安堵するも、やはり別のところでは心が騒ぐ。その目は、自然と隣の空いた席に引き寄せられた。

実際、ここでじっと待つのではなく、詩乃を探そうと思えばすぐにでも行動に移せる。仕事は既に遥斗の手を離れ、国安専務に移行しているためだ。

出席義務はないのにここに座っているのは、あくまで礼儀上の問題。

約束した時間までに戻らなければどうなるか、覚悟しておけよ――と心の中で呟《つぶや》きながら、遥斗は舞台に上がった演舞者たちを眺めた。

三味線を持った羽織袴姿《はおりばかますがた》の男性たちが位置につく。撥《ばち》で弦を弾く音が響くと、裾引き着物を着た女性が摺り足《すりあし》で現れ、見事な日本舞踊を披露し始めた。女性は扇を広げて舞い、次の曲では唐傘《からかさ》を持って舞台を大きく回って踊る。

遥斗は演舞に合わせて奏でられる三味線の音色に耳を傾けながら、杯に入った日本酒をちびちび飲んでは料理を口に運んだ。

先付けから始まった懐石料理は、お凌《しの》ぎ、お椀、向付《むこうづけ》、八寸、そして焼き物へと移る。

味はもちろんだが、見た目も楽しませようとする伊沢総料理長の趣向はとても素晴らしい。特に漆塗りのお皿に和紙を載せ、色鮮やかなサーモンやイクラ、ズッキーニなどを使った一口サイズの手毬寿司は最高だった。

にもかかわらず、箸がなかなか進まない。

そんな遥斗とは違い、バンケットルームでは少しずつ話し声が大きくなっていく。アルコールが適度に入って気持ちよくなっただけでなく、お互いに仕事が上手くいきそうだと感じているのもあるかもしれない。

満足げな社員たちを遥斗が眺めていた時、次の演者が入ってきた。

何気なく正面に顔を向け、袴姿《はかますがた》の若い女性が舞台に上がるのを見つめる。

凛《りん》とした佇《たたず》まいもさることながら、裾のさばき方や歩き方が妙に板についている。おまけに中央に置かれた箏《こと》の前に座る所作がとても綺麗で、魅了された。

こんな風に女性に釘付けになるのは、いつ以来だろうか。

詩乃が離れに飛び込んできた、あの日ぶりだ――と感じたところで、またも彼女が宇賀と一緒にいるのを思い出し、顔が強張《こわば》る。

「こんな時にまで、俺は詩乃を――」

遥斗は唇を引き結び、自分の心を揺さぶる切っ掛けを作った袴姿《はかますがた》の女性を睨《にら》み付ける。すると、彼女が弦に手を伸ばして軽く顎《あご》を上げた。

瞬間、遥斗は鈍器で頭を殴られたような衝撃を受けた。

「まさか、詩乃？」

遥斗は手を震わせながら杯を置き、ゆっくり身を乗り出した。十数メートル先の女性の顔をつぶさに見つめる。

女性はアイラインで目を強調させ、赤い口紅を塗っている。黒地の着物に映えるように化粧を濃くしていたが、それがまた人の目を惹き付けた。

まさしく見る者の心を蕩《とろ》けさせる、妖艶《ようえん》な美女――詩乃を見ているだけで、心臓が激しく跳ね上がり、呼吸の仕方を忘れたのではないかと思うほど息ができなくなる。

いったい何が起きてる？

「遥斗さん！　あの女性は大峯――」

駆け寄ってきた岩井が、遥斗の耳の傍で息急《せ》き切って話し出す。遥斗が片手を上げて遮《さえぎ》ると、彼はすぐに黙った。

直後、女性が弦を弾き、軽やかな音を響かせる。

その曲は、日本の歌曲〝さくら〟だった。

最初こそ誰もが知るメロディが奏でられていたが、次第に音色は緩《ゆる》やかに壮大な曲調へと広がっていった。

会場に響くのは、箏《こと》の音色と人々の息遣いのみになり、話し声が潮が引くように消えていく。

スポットライトを浴びた詩乃に、皆が引き込まれていた。

遥斗がそれを肌で感じた時、詩乃の口元がやにわにほころんだ。

刹那《せつな》、遥斗は胸を締め付ける痛みに襲われる。そんな中、やっとのことで息を吸う。

艶《つや》っぽい表情を浮かべながら巧みに指先を動かし、全身で奏でる詩乃の姿から目が離せない。

一曲、また一曲と終わっても、遥斗の目は詩乃を追いかける。そのたびに、遥斗の胸の奥で燻《くすぶ》る欲望がどんどん勢いを増していった。

ああ、彼女がほしい！　——純粋な渇望が生まれた瞬間、遥斗はこれまでずっと悩まされていたもやもや感が一気に吹き飛んでいくのを感じた。

露《あら》わになった、核心。

本音が見えたことで、何故こんなに詩乃に惑わされていたのかようやくわかった。

突然自分の懐《ふところ》に飛び込んできた詩乃に、いつの間にか魅了され、独占欲が湧き、そして誰にも渡したくないと思うほど惹かれていたのだと。

これまでに胸をざわつかせた正体がわかるや否や、戸惑いよりも嬉しさが込み上げてきた。

詩乃が巧みに弦を操《あやつ》る動きに合わせて、袖が揺れ、柔らかな髪が白い頬をかすめる。それら全てに目を奪われながら、遥斗は自分の世界に浸《ひた》る詩乃を眺めた。

そうなっていたのは、遥斗だけではない。詩乃の演奏が終わると、会場内に拍手と歓声が沸き起こった。

なんとブラウン氏やスペンサー・トラベルカンパニーの関係者のみならず、国安専務たちも席を立ち、彼女に賛辞を送っている。

詩乃は頬を火照《ほて》らせて、興奮冷めやらぬ状態に見えた。

男の腕の中で快感を得たように……

「あの奏者は大峯さんですよね？　まさか、あんな特技があるとは。素人《しろうと》の私でも、凄い腕前だとわかります」

隣に座る企画チームの男性が、遥斗に声をかける。

「私も知りませんでした。……すみません、失礼します」

詩乃が舞台を降りて会場を去ろうとするのを見て、遥斗は素早く席を立った。

誰にも渡さない。俺が詩乃をどう思っているのか、わからせないと！　――と心の中で叫び、後方のドアへ向かう。そのあとを、岩井が追った。

「どうか気を鎮めてください。大峯さんがどうしてこのような行動を取ったのかわかりませんが、結果的に皆が喜んでいるのはいいことでは？　だからお叱りは――」

「これは俺の私事。口出し無用だ。……俺が抜けても問題はないが、パーティが開かれている間のことは岩井に任せる。何かあれば連絡してくれ」

「わかりました」

岩井の返事に頷き、ドアを開けた。

途端、歓声が遥斗のところまで聞こえてきた。人の群れの中心にいたのは、舞台で堂々と演奏した可憐《かれん》で愛らしい詩乃だ。

その時、宇賀が詩乃に駆け寄る。彼と目が合うなり、彼女は遥斗がこれまでに一度も見たことがないほどの眩《まばゆ》い笑みを浮かべた。

周囲の目など気にせずに視線を交わす二人を目の当《ま》たりにし、遥斗の胸の奥が煮え滾《たぎ》る。

詩乃は宇賀との関係をはっきりと口にはしなかったが、この光景は火を見るより明らかだ。昔の男に詩乃を渡すものか！　――そう意気込み、遥斗は彼女を見据えて歩き出した。

＊　＊　＊

意識が定まらないほど周囲が歪み、足元がふわふわしている。肌もしっとりし、頬が熱い。そんな状態のため、どうやって舞台を降りたのか記憶になかったが、身体を包み込む高揚感だけは自覚していた。

遠くから聞こえる、拍手と歓声。遠い昔、コンクールで奏でたあとのようだ。

一年以上も箏《こと》に触れていなかったのに、まさかあんなに気持ちよく弾けるなんて……

何もかも夢心地のせいか足取りは軽く、気持ちも晴れやかだった。

「詩乃！」

バンケットルームを出た直後、そこで待っていた宇賀が詩乃の両肩を掴《つか》み、弾けるような笑みを向ける。

「凄い、凄いよ！　鳥肌ものだった。曲名は最初の〝さくら〟しかわからなかったけど、情感漂《ただよ》う中にも激しさがあり、どんどん引き込まれていった」

「本当？」

「ああ。学生時代、皆で詩乃の応援に行った時よりも、こう……胸にぐっとくるものがあった」

宇賀の褒め言葉に、詩乃はほくほく顔になる。

「ブラウン氏のみならず関係者たちも見惚れていた。演奏後は立ち上がって拍手を送るぐらいだ。詩乃、大成功だよ。君に代わりに出てもらって本当に良かった」

詩乃は嬉しさのあまり、その場で飛び跳ねると、周囲の景色がいびつな形に変わって目の前が真っ暗になる。

ふらついて倒れそうになったところを、宇賀が詩乃の身体に腕を回して支えてくれた。

「おい！　大丈夫か？　やっぱり酔っぱらってるんだな。酔いが醒《さ》めるまで控室で横になろう」

「大丈夫。このままでいい」

だって、とても高揚してて気分がいいから――そう続けるつもりが、言葉が出なくなる。前触れもなく、急に身体が宙に浮き上がったせいだ。しかもお腹が圧迫されて呻《うめ》いてしまう。

「……っ！」

たまらず瞼《まぶた》を閉じるが、ゆっくり押し開いていくと、スーツを着た男性の背中、お尻、そして足元が視界に入った。

いったい何がどうなっているのだろうか。

不思議に思うも、嫌な気分にはならない。嗅《か》ぎ慣れたムスクの香りに酔わされることに、安堵さえ覚える。

しかし担がれているせいで胃が痛くなり、詩乃は男性の背中に手を置いて身を仰け反らせた。

周囲に目をやれば、詩乃を担ぐ男性を、宇賀やホテルのスタッフが呆然と見つめている。視線の先を追って初めて、自分を持ち上げているのが遥斗だとわかった。

「……遥斗さん？」

詩乃が囁《ささや》くと、大腿に腕を回す遥斗の力が増す。

「詳細はまた明日聞く。皆は、仕事に戻ってくれ」

遥斗の冷たい語気に、そこにいたスタッフたちは蜘蛛《くも》の子を散らすようにその場を去っていく。残ったのは、岩井と宇賀だけだ。

宇賀はおろおろしながら、不安げに遥斗と詩乃を交互に見つめる。

「弁明させてください。大峯さんは僕の頼みを聞いてくれただけなんです。予定していた箏《こと》の奏者が出られなくなってしまって……。最初こそ断られましたが、事情を知って引き受けてくれたんです。どうか叱責は大峯さんではなく僕に——」

「わかった。その点は考慮しよう。岩井、さっき話したとおり、あとは頼む」

遥斗が岩井に命令する。彼が承知の意を目で示すと、遥斗が歩き出した。そのたびに詩乃の身体が揺れて、胃に痛みが走る。

「お、下ろして」

小声で懇願するけれども、遥斗は詩乃を下ろそうとしない。解放したのは、ロータリーで待機するカートに詩乃を座らせた時だった。

遥斗が運転手に話しかけたのち、カートはどこかへ向かって走り出す。小道を進むにつれてカートが上下に揺れ、胃が踊り始めた。

「……ッン」

詩乃は最初こそ顔をしかめて胃のあたりを擦《さす》っていたが、次第にその揺れが心地よくなり眠たくなってきた。とうとう揺れに任せて瞼《まぶた》を閉じた数分後に、カートが停止した。

「ここは？」

寝《ね》ぼけ眼《まなこ》で周囲を見回した詩乃は、ここが別館から一番遠い場所にある離れだと理解した。

どうしてこんなところにわたしを？　――そう思うが、眠さのあまり上手く思考がまとまらない。

考えを妨げる靄《もや》を払うように詩乃が小さく頭を振ると、カートが揺れた。

「ありがとう」

遥斗が運転手にお礼を言い、カートを降りる。

詩乃も遥斗に続こうとするが、そうする前に彼が再び詩乃を肩に担いだ。

身体が上下に揺れるたびに、声が漏れる。直後、瞼《まぶた》の裏に光が射し込むような眩《まぶ》しさを感じ、詩乃は少しずつ目を開けた。

どちらが天でどちらが地か見当もつかないほど視界がぐるりと回り、堪《たま》らず目を閉じる。でもそれがいけなかった。余計に重心がおかしくなり、まるで酔っぱらったみたいな感覚になる。

「あっ……」

いつの間に部屋に入ったのだろうか。

間接照明が灯され、柔らかな光に包まれている室内を、ゆっくり見回す。

全室眺望デッキと専用露天風呂が設《しつら》えられたデラックスクイーンの部屋は、とても広かった。奥には、上掛けがふんわりと膨らんだキングサイズのベッドが置かれている。

気持ち良さそうな雪原に似たベッドに飛び込みたいな――と目が釘付けになっていると、遥斗が詩乃を下ろした。

ふらついて身体が後ろに倒れそうになる。すかさず遥斗が動き、詩乃の腰を支えくれた。

「ありがとうございます」

詩乃はお礼を言って自分でしっかり立とうとするも、やはり足元がおぼつかない。遥斗の腕を掴《つか》み、ふらつきながら壁に凭《もた》れた。

高揚感が抜け切れないのか、それともアルコールのせいなのかわからないが、今も身体がふわふわしている。

「詩乃」

「はい？」

軽く返事する詩乃の頬を、遥斗が指で優しく撫でる。そのまま滑らせて、顎《あご》の下に触れた。

そこに力を込められて詩乃が顔を上げると、距離を縮めてきた遥斗の目と合う。

あまりの近さに心臓がドキッと高鳴るが、妙なことに不安はない。それどころか、彼にもっと触れてほしいという欲求が湧き起こる。

詩乃がかすれ声に似た息を零《こぼ》してしまうと、遥斗の瞳に情熱的な炎が宿り、ついと目線がそこに落ちる。

たったそれだけで胸の奥がざわめき、軽い身震いが起きた。すると遥斗が詩乃の心を搦《から》め捕《と》るような眼差しで、さらに顔を近づける。

漏れる息の熱さがわかる距離に、詩乃の心音のリズムが速くなる。次第に早鐘を打つ音さえも心地よくなり、身体の芯がふにゃふにゃに蕩《とろ》けていった。

そんな様子の詩乃を眺めていた遥斗の目元が、不意に和《なご》む。

「君には驚かされたよ。まさか、あんな特技があるとはね」

遥斗の言葉で、ほんの数十分前の舞台を思い出す。

周囲の音が掻き消え、箏《こと》の音色に包まれたあの特別な場面を……

「箏《こと》に触れたのは一年ぶりなので、どうなるか不安でしたけど」

「一年ぶり？　そんな風には見えないほど見事だった」

手放しに褒められて、自然と笑みが零《こぼ》れる。

「ということは、わたしの行動は間違っていなかったんですね。契約の助けに……遥斗さんの助けになりました？」

「ああ、ブラウン氏は満足していた。好印象を抱いたのは間違いない。この契約は大成功を収める。君のおかげだ……。ご褒美《ほうび》をあげないとな」

事前のやり取りで、遥斗にそういう話をしたのを思い出し、詩乃は彼の腕に触れて笑った。

「たくさんくださいね……」

遥斗に強請《ねだ》ると、彼は子猫でも可愛がるように、詩乃の顎《あご》の下を軽く撫でた。

その愛撫にうっとりと目を瞑《つぶ》らずに済んだのは、あることに気付いたためだ。バンケットに出席していたはずの遥斗が、何故ここにいるのか……と。

「詩乃が望むものは、なんでもあげよう。君は俺の――」

「遥斗さん、バンケットに戻らなくていいんですか？」

詩乃が遥斗の言葉を遮《さえぎ》ると、彼は大げさな仕草で片眉を上げた。

「知っているはずだ。バンケットに関しては、既に俺の手を離れて国安専務と木下さんにゆだねられている。戻らなくても問題ない」

遥斗は詩乃を見つめながら手を壁に突き、二人の頬が触れ合うか合わないかぐらいの距離で、ぴたりと動きを止める。

「な、何を？」

「……わからないのか？」

「わかりません」

小さく首を横に振り、本当に理由が思いつかないと伝える。

「証明しようか？」

詩乃の耳元で、遥斗が甘く囁《ささや》いた。

切なげなかすれ声で耳孔をくすぐられ、尾てい骨から脳天にかけて鈍い疼《うず》きが走り抜けていく。

「あ……っ、お、教えてください」

詩乃は袴《はかま》をぎゅっと握り締めて、小さな声で訴える。

「一度証明したら、もう二度と逃がさない。いいのか？」

逃がさない？　わたしを？　——と靄《もや》がかった頭の中で、遥斗の言葉がぐるぐると回る。

心のどこかで小さな光が点滅し、詩乃に危険を知らせてくる。でも、それを追及する前に、着物を通して伝わる遥斗の温もり、息遣い、香《かぐわ》しい匂いに、思考が鈍くなってしまう。

今の詩乃は、危険信号より遥斗が証明しようとする内容に心がくすぐられていた。

いつもの遥斗と違うせいで、目を逸らせないのだろうか。

うん？　いつもと違う？

「それは、わたしも一緒かな……」

詩乃自身、普段とは違って心も身体も昂《たかぶ》っている。だから、遥斗に対して拒絶反応が起きないのかもしれない。

自分らしからぬ態度にクスッと笑うと、遥斗が大きく息を吸った。

「本気で、そう思っているんだな？」

「えっ？」

遥斗が何を言っているのか理解できなかったが、彼の声音が喜びに満ちているのだけはわかった。

少し気になったものの、遥斗が不機嫌でなければそれでいい。

「うん」

「だったら証明しよう」

宣言した途端、遥斗が詩乃の耳殻を鼻で擦《こす》り、濡れた舌でそこをたどり始める。

突然のことに詩乃は目を見開くも、背筋を走る甘美な疼《うず》きに心を掻き乱されて瞼《まぶた》を閉じた。

あまりの気持ちよさに頭の芯が痺《しび》れ、喘《あえ》ぎに似た声が漏れる。

「遥斗さん……、あの……っんぅ」

遥斗が首筋に唇を這わせる。詩乃は堪《たま》らず肩を窄《すぼ》めて、忍び寄る刺激から逃げようとするが、すぐに快《こころよ》い波に囚われてしまった。

「待って、待って……意味が、わからな――」

「意味はこれからわかる。証明すると言ったはずだ」

遥斗は真摯《しんし》な声音で言い、熱を帯びた吐息で詩乃の素肌を湿らせた。火が点《つ》いたように熱くなるが、彼の唇がそこを離れると、今度はひんやりとした感覚に取って代わる。

その軌跡が何を示すのかわかるのに、遥斗を拒もうとする気持ちは一切湧き起こらない。

まるで自分の姿を高みから眺めているような錯覚に陥《おちい》っていたせいだろう。

これは夢であって、現実ではないと……

「は……ぁ」

脳の奥が蕩《とろ》けていく。熱は四肢にまで伝染し、詩乃の余力まで奪おうとしていた。それさえも気持ちよくて、詩乃はされるがままになる。

その時、しゅるしゅると衣擦《きぬず》れの音がした。

実家で幾度《いくど》も聞いた、慣れ親しんだ音。

どうして絹が擦れる音が？　――と思うのと同時に、紐が解かれて袴《はかま》が足元に滑り落ちる。

「あっ」

音に導《みちび》かれてそちらを確認する前に、遥斗が顔を近づけてきた。キスを求めるように唇に息を零《こぼ》すも、決して塞《ふさ》がない。

駆け引きじみた遥斗の行為に、どんどん心を掻き乱されていく。

「ダメ……」

触れるか触れないかの距離で顔を背《そむ》けるものの、遥斗を求めるように目線は彼を追ってしまう。

「そうやって俺を煽《あお》る行為は嫌いじゃない。だが今は、焦《じ》らされたくない。欲望が高まれば、詩乃が大変な目に遭ってしまう」

「大変な目に？　それってどんな風に？」

「これからわかるよ……。あんあん啼《な》いてしまうかも？」

遥斗がクスッと笑みを零《こぼ》し、詩乃の耳元にふっと息を吹きかける。

腰が砕けてしまいそうな疼《うず》きが背筋を走り、詩乃は遥斗の腕を強く掴《つか》んだ。

「わたし、啼《な》かないもの」

「本当に？　もうこんなに身体を震わせているのに？」

そうやって話しながら、遥斗は詩乃の耳朶《じだ》や首筋を鼻で愛撫する。彼に肌を吸われると期待するかのように身体がかすかに震えるが、未だに口づけない。

それがじれったくなり、自然と詩乃の吐息のリズムが速くなってきた。

「はぁ、っ……、遥斗さん。わたし、なんかおかしい」

「俺を意識して？」

すかさず頷くと、遥斗が熱の籠《こ》もった呻《うめ》き声を漏らす。

「そんなことを言って、俺を惑わす気か？　コントロールできなくなっても知らないぞ？」

「わたしはただ、素直に言って……ッン」

ずっと詩乃の心を揺さぶり続けていた遥斗が、唐突にこの遊びを止めた。

着物越しに詩乃の身体に触れ、今以上に焦《じ》らし始める。次第に体内で蠢《うごめ》く疼《うず》きに支配され、戯《たわむ》れがただの遊びではなくなっていった。

「待って、待って……」

詩乃は逃げようとするが、それを悟った遥斗に、壁に押さえ付けられてしまう。

「遥斗さん？　何を……、ンっ、ぁ！」

遥斗の手で乳房を包み込まれ、的確に乳首の位置を探し出される。柔らかな膨らみを揉んでは、硬くなる頂《いただき》をねちっこく擦《こす》られた。

徐々に心地よくなり、詩乃の上体がビクンと跳ね上がる。

「気持ちいい？」

「……バカ」

遥斗にからかわれて小声で文句を言うと、彼が楽しげに笑った。

「キスしたい。君の柔らかさをもっと知りたい」

詩乃の口元で、遥斗がかすれ声で囁《ささや》いた。吐息でなぶられて、そこがうずうずしてくる。すると、彼が詩乃に口づけた。

「つん、ふぁ……っ」

遥斗が優しくついばみ、何度もそこにちゅくっと吸い付く。やがてかすめるような弱い力で触れ合わせ、唇の内側にそっと舌を這わせた。

慣れた愛撫に、詩乃の喉の奥が痙攣《けいれん》したかのように引《ひ》き攣《つ》る。

息苦しいのに、それを逃したくないなんて……

自分でも理由のわからない感情に囚われながら、詩乃は遥斗の行為を受け入れていた。

次第にのらりくらりとした追いかけっこが、詩乃の全てを欲するような動きへと変化していく。

その荒々しさに、詩乃は息継ぎすら自分のリズムでできなくなった。

「つんぅ！」

遥斗は詩乃の唇を割って舌を滑り込ませると、口腔《こうこう》で蠢《うごめ》かせた。逃げる詩乃を、彼が紡ぎ出す愛の渦へと引き込もうとする。

詩乃は握り拳《こぶし》を作って遥斗の胸を叩くが、彼はビクともしない。それどころか詩乃を求めながら、なんと着物を脱がせていった。

さらに肌襦袢姿《はだじゅばんすがた》になった詩乃の腰紐に手をかける。

「んっ……、ふぁぅ……っ」

詩乃は咄嗟《とっさ》にそれを阻《はば》み、遥斗の肩を押して距離を取ろうとした。でも彼は、それをものともせず、軽く身体を屈《かが》める。

次の瞬間、遥斗の腕が詩乃の膝の裏と腰に回され、詩乃は勢いよく抱え上げられた。

「は、遥斗さん？」

詩乃は遥斗の肩に両手を置いて体勢を保ち、彼が何を考えているのか探ろうと凝視するが、彼は正面を向いて歩き出したためわからなかった。

それにしても、この変わりようはいったいなんなのだろうか。

ここに来る時は荷物のように担がれたが、今は大切な宝物のように扱われている。

詩乃が不思議に思っていると、遥斗が顔を擦り寄せてきた。唇を求められそうになり、慌てて顎《あご》を引く。

遥斗がおかしげに片眉を上げる。

「あとで覚悟しろよ」

「あとで？　……これからいったいどこへ？」

「ベッドへ行くんだ」

「……ベッド？　寝るため？」

「そう寝るためだ」

詩乃は遥斗の言葉を心の中で繰り返し、ふと小首を傾げた。

そういえば、以前もこういうやり取りをした。

遥斗が国安会長の別荘を訪れ、初めて離れで会った時だ。その際にやり合った記憶が甦《よみがえ》り、詩乃の口元が自然とほころぶ。

「何がおかしい？」

「えっ？　あの、今日は早く眠れそうだなと思って」

「眠る？　いや、眠らせない」

「どうして？」

眠るためにベッドに行くのに、そうさせないなんて酷過ぎる。

もう既に身体も温かくなってきているというのに……

詩乃は焦点が定まらなくなってきた目で、おもむろに遠ざかる広いソファや大型テレビを追っていると、脱ぎ捨てられた着物が視界に入った。

「着物が皺《しわ》になっちゃう」

「あとできちんとする」

「ダメ……。あれはレンタルで、加賀友禅の着物で、値段も――」

「俺が買い取ろう」

そう言って詩乃を下ろした遥斗に、ゆっくり後ろへ押し倒される。背中に触れる柔らかな感触から、ベッドに寝かされたとわかった。

繭《まゆ》に包み込まれたみたいな感覚に襲われて、自然と力が抜けていく。

わたし、このままぐっすり眠れそう――と瞼《まぶた》を閉じながら心の中で呟《つぶや》き、枕に頭を預けた。

遥斗が身動きするとベッドが揺れ、波間に漂《ただよ》っているような気分になる。

「ふふっ」

幸せな気分を味わいながら身を任せていたが、急に身体に重みを感じてゆっくり目を開けた。

遥斗が詩乃の身体を両手で挟むようにして上体を倒し、詩乃を覗《のぞ》き込んでいる。

灯りを背にした遥斗の顔には陰影ができ、なんだか妙な色気を感じた。精悍《せいかん》で彫りの深い顔立ちがさらに際立つからかもしれない。

「遥斗、さん？」

「眠るのはなしだ。俺が言った言葉を忘れたのか？」

「何か言いました？」

「俺がこうする理由を証明すると言っただろう？」

そういえば、確かにそんなことを言っていた気がする。

「じゃ、早く……教えて」

瞼《まぶた》がくっつきそうになるたびに目を開け、詩乃を凝視する遥斗を見上げる。

遥斗は上着を脱ぎ、ネクタイの結び目を緩《ゆる》めて一気に解き放った。シャツのボタンを上から一つ、一つと、これ見よがしに外していく。

艶《なま》めかしい動きを一瞬で捉《とら》えるカメラマンのように、詩乃の目は遥斗の姿に釘付けになった。

男性が服を脱ぐ行為に、これほど魅了されるなんて……

詩乃が見惚れていると、遥斗が獲物を仕留める百獣の王の如《ごと》く、悠然とした動きで伸し掛かってきた。

「じっくりと教えてあげよう。どれほど君を求めているのか……。俺のものにしたら、もう逃がさない」

遥斗が腰紐を掴《つか》み、ゆっくり引っ張っていく。紐の結び目が解けて長襦袢《ながじゅばん》の袷《あわせ》が緩《ゆる》むと、そこから手を忍ばせてきた。

たわわな乳房を優しく包み込まれて、喉の奥が引《ひ》き攣《つ》る。

「だ、ダメ……」

手を退けようと思うのに、意思に反して抗《あらが》えない。

そうしているうちに、遥斗が弾力を確かめるように膨らみをすくい上げては揉み、圧力を加えた。

武骨な指の隙間からはみ出さんばかりに盛り上がる乳白色の山、覗《のぞ》く色濃くなった乳首。

遥斗の指が敏感になってきたそこをかすめるだけで、詩乃の腰が甘怠《あまだる》くなる。

「遥斗さ――」

「シーッ、俺に任せるんだ」

任せるも何も、四肢に力が入らない。ひたすら快《こころよ》い刺激を享受するしかなかった。

しばらくして、遥斗は指先で膨らみの形を確認するようになぞっていく。

「あ……っ」

かすかにかすめるような動きなのに、突如快感に襲われる。

詩乃が耐え切れずに顔を歪めてしまうと、遥斗が口元を緩《ゆる》めた。

「今の表情、とてもそそられる。俺の心に点《つ》いた火をさらに煽《あお》るほどだ。……知ってるか？　君が俺に火を放ったのはいつなのかを。皆の前で箏《こと》を弾いていた時だ。些細《ささい》な所作にまで魅了された瞬間を、今も忘れられない」

遥斗は詩乃への想いを吐露しながら少しずつ距離を縮め、詩乃の首筋に顔を埋《うず》めた。ちゅく、ちゅくっと音を立てては甘噛みし、耳朶《じだ》を唇で挟む。耳殻に舌が這うと、詩乃は引《ひ》き攣《つ》ったような声を零《こぼ》した。

「は……ぁ、……んっ！」

徐々に広がる、身体中を痺《しび》れさせるような熱。

それを感じれば感じるほど気怠《けだる》くなり、何も考えられなくなる。

「わたし――」

「何も言わなくていい。俺を受け入れる姿勢を見せてくれればそれでいい」

懇願するように囁《ささや》いたあと、遥斗が詩乃の唇を塞《ふさ》いだ。

「んくっ！　……ん……っ、ふ……ぁ」

詩乃を求めて、遥斗の口づけが激しくなる。さらに、遥斗の武骨な手で、腰、お尻のラインを優しく撫で上げられる。

遥斗は詩乃の体内で燻《くすぶ》る火を、どんどん煽《あお》り始めた。

「ンっ！」

素肌を滑っていく絹の感触に、身体がぶるっと震えると、遥斗が詩乃の唇を軽く噛んだ。

詩乃は大きく息を吐き、ぴりぴりする唇を舌でなぞる。

「こんなにしっくりくるキスは初めてだ」

「……わたしも」

夢だからか、素直な気持ちが出る。しかも遥斗とのキスは気持ちよくて、もっとしてほしいと思ってしまうほどだ。

叶うのなら、両腕を遥斗の首に回し、自《みずか》ら彼を乞いたいと……

その意味を探ろうと顔を上げると、遥斗が嬉しそうに目を細めていた。

「それがどれほど俺を喜ばせているか、わかってるのか？　……ああ、この先は詩乃のちょっとした言葉で簡単に懐柔されるんだろうな」

「そうなんですか？」

囁《ささや》きに近い詩乃の声は、まるで男性に甘えるようなものに聞こえた。

自分が発したとは思えない声音に驚くも、遥斗はそうではなかったみたいだ。瞳に強い感情を宿らせながら頬を緩《ゆる》めて、詩乃の肌襦袢《はだじゅばん》に触れる。

「そうだよ。俺に気に入られたらどうなるのか、きっと詩乃もわかるはずだ」

そう言うと、遥斗がプレゼントの包装紙を解くかのように、布地で素肌を愛撫する。硬くなった乳首に故意に引っ掛けて、肌襦袢《はだじゅばん》を身体の両脇へ開いた。

「あ……んっ、ダ……メっ、や……ぁ」

パンティを身に着けただけの淫《みだ》らな姿態を晒《さら》していることに、自然と羞恥《しゅうち》が湧く。

詩乃は肌襦袢《はだじゅばん》の袖口を掴《つか》み、恥ずかしさから顔を背《そむ》けた。

「詩乃、俺を見て」

詩乃はイヤイヤと枕の上で頭を振り、袖口で顔を隠す。

「そういう仕草もそそられる。とても……可愛い」

「わたしは……ぁっ！」

自分でも何を言おうとしたのかわからない。しかし、遥斗に上腿の裏を撫でられ、膝を曲げるように促《うなが》されるだけで、出かかった言葉が喉の奥で詰まった。秘所に向かって指先を進められると、詩乃の全神経はそこに集中し、何も考えられなくなる。

「ダメ、そこは……んっ！」

詩乃の願いも空しく、遥斗の指が生地越しに秘められた花弁に触れた。花を愛《め》でるような手つきで、執拗《しつよう》に擦り始める。

「やぁ、はぁ……んぅ、あ……っ」

そこは、瞬《また》く間に湿り気を帯びてきた。すぐにでも遥斗を受け入れられるぐらいに愛蜜が滴《したた》っていく。それは生地にも浸潤し、遥斗が指を動かすたびにくちゅくちゅと淫音が響き渡るほどだった。

自分でも信じられないくらい、身体が反応している。

詩乃は甘美な呪縛から逃げ出したい衝動に駆られる反面、もっと遥斗に求めてほしいという感情も生まれていた。

腿を閉じることもせず、ただ送られる刺激に喘《あえ》ぎ続けた。

「うっ……、っん……ヤダ……」

「それで拒んでるつもりか？　俺に身を預けているというのに」

遥斗は詩乃の乳房に顔を寄せ、頂《いただき》に湿った息を吹きかける。そして鼻でそこを弄《いじ》ったあと、舌で舐めた。

「……っんぁ」

詩乃は咄嗟《とっさ》に肌襦袢《はだじゅばん》を握り、忍び寄る快《こころよ》い刺激をはね返そうとする。でもそれ以上に送り込まれる力の方が強かった。

詩乃が身悶《みもだ》えるにつれて、遥斗の唇に含まれたいとばかりに乳首が硬く尖っていく。彼がそれを舌先で弾き、唇で挟み、軽く引っ張った。

「や……ぁ、は……ぁん」

悲鳴に似た喘《あえ》ぎを小さく漏らすと、遥斗が舌の腹で優しくねぶり、なだめるように吸った。詩乃が何度も息を詰まらせるまで、唾液を絡ませてはいやらしい音を立て続ける。

「あっ、あっ……はぁ、……っん……ふぁ」

遥斗の愛技に酔い、もう何がなんだかわからなくなってきた頃、彼が慣れた手つきでパンティの中に手を忍ばせた。蜜液で濡れた媚襞を、いやらしい動きで上下に擦《こす》り始める。

「あ……っ、や……ぁん！」

ぬめりを帯びたそこを、簡単に遥斗の指で開かれてしまった。

「ここ、凄いことになってる。わかるか？」

「そんな風に言うなんて、卑怯……あっ、ダメ……っんぁ、そこっ……はぁ……」

隠れた花蕾を探し出した遥斗が、指で振動を送ってきた。既に焚《た》き付けられた小さな火は、徐々に激しさを増していく。

「待って、待って……んぁ、は……ぁん、お願いっ」

あまりの気持ちよさに辛抱できなくなり、詩乃は潤《うる》む目で遥斗に懇願した。

こんな状態ではすぐに達するだろう。もっと時間をかけて進みたいのに、遥斗は攻めを止めない。

詩乃のパンティを下げ、蜜があふれ出す蜜孔に指を差し入れた。

「はぁ……やっ、ああん」

遥斗の長い指が、蜜壷を掻き回しては抜き、再び奥を抉《えぐ》る。空気を含んだ卑猥《ひわい》な音が鳴り響いた。

詩乃の身体は、今までよりもさらに力が抜けてふにゃふにゃになる。

「……ぁ、は……っ、そこっ……ん」

「ここ？　ここだな」

遥斗が蜜壁を強く擦《こす》る。痛みを生じるほどの甘い電流が駆け抜け、詩乃は胸を反らした。

燃え上がった炎がねっとりとまとわりつき、詩乃を甘美な世界へ誘う。

「ここに俺のを挿《い》れたら、どれぐらい乱れるのかな」

遥斗の興奮の証《あか》しを想像しただけで、秘奥がきゅんと疼《うず》いた。早くそうしてほしいと伝えるように、彼の指を締め上げてしまう。

素直な反応に、遥斗が嬉しそうに小さな声で笑った。

「大丈夫。必ず満たしてあげる。詩乃と……結ばれる瞬間が待ち遠しいよ」

指の本数を増やして媚口を広げ、手首の回転を加えた律動を繰り返す。滴《したた》るぬめりの助けを受け、遥斗はじわじわとスピードを速めていった。

「ぁん、っは……ぁ、あっ、あっ……！」

体内で増幅される、快《こころよ》い疼痛《とうつう》。

とうとう悦《よろこ》びに抗《あらが》えなくなり、すすり泣きに似た喘《あえ》ぎが零《こぼ》れた。

初めて遥斗の愛撫を受けるのに、いとも簡単に身も心も蕩《とろ》けてしまう。

「遥斗、さん……！　わたし、あん……っ」

そう告げた直後、燃えさかる炎が躍るように全身に広がっていく。

「んぁ、ダメ……っ、あっ、あぁ……」

身体を強張《こわば》らせて、小さな悦《よろこ》びの波長を受け入れた直後、詩乃は四肢の力を抜いてベッドにぐったりと身を預けた。

息を弾ませていると、遥斗が詩乃の首筋を鼻で擦《こす》り、湿り気を帯びた息で柔肌を撫でる。

「こんなに俺の心を揺さぶった女性は、詩乃が初めてだ」

詩乃は心を躍らせながら、心持ち首を捻《ひね》った。

「本当にわたしだけ？」

「詩乃だけだ」

遥斗の告白に、胸の奥にある何かが芽吹く。情欲とは違う別の温もりに包まれ、弾む鼓動も一段と大きくなっていった。

詩乃が興味津々《きょうみしんしん》に遥斗を見ると、彼は詩乃から手を離して少しずつ上体を起こしていく。脱ぎかけのシャツを投げ、ズボンと下着も足元に落とした。

遥斗は見事な肉体を、詩乃に晒《さら》した。

鍛えられた上半身は一度目にしていたのもあり、それほど衝撃はない。でも黒い茂みの下にある男性の象徴的な怒張を見て、詩乃の口の中がカラカラになる。

それは遥斗が身動きしても優雅になるだけで、天を突き続ける。切っ先は既にぷっくりと膨れ、早く満たされたいとばかりに漲《みなぎ》っていた。

詩乃は顔を背《そむ》けて瞼《まぶた》を閉じた。

なんと生々しい夢なのか。遥斗の雄々しい自身を想像してしまうほど、詩乃は彼に夢中だという意味？

途端、胸がきゅんと高鳴り、幸せな気持ちと恋い焦《こ》がれる感情が渦を巻き始めた。

もしかして、遥斗さんが好きなの？　――と頭の片隅で問いかけると同時に、身体に伸し掛かる重みと体温を感じて、甘い吐息を漏らす。

「詩乃、俺を見るんだ」

遥斗に促《うなが》されてそっと目を上げると、遥斗は詩乃の手首を掴《つか》み、彼の腹部に触れさせる。そのまま下げていき、彼のものを掴《つか》まされた。

芯が入ったように硬くて太い、遥斗自身。それは熱いが、薄い膜のようなものに包まれている。

急速に詩乃の喉が渇いていき、舌が上顎《うわあご》にくっついた。必死に息を吸うも、首の脈が激しく打ちつけて上手くいかない。

そんな詩乃に遥斗は微笑み、滾《たぎ》るそこをたどらせていった。

「これから君を抱けば、二度と逃がさない。逃げるのなら今だ」

逃げる？　夢の中で逃げるのはバカげている。それに、自分の気持ちも確かめたい。夢でも、遥斗を求めているのかどうかを。

詩乃はただ遥斗を見つめ返した。

そこに、遥斗を望む想いが出ているとは思わずに……

「詩乃……」

遥斗が欲情を宿した声で囁《ささや》き、詩乃の膨らみの下に手を置いた。大きく開いたその手を、腹部、太腿へと滑らせていく。さらに曲げた膝の裏に腕を差し入れて抱え上げた。

愛蜜で濡れそぼる秘所が剥《む》き出しになると、遥斗が硬茎の先端で花弁を上下に弄《いじ》る。

「ンぅ……」

なんとも言えない感触に肩をすくめた次の瞬間、遥斗が淫襞に分け入り蜜孔を押し広げて入ってきた。あふれる蜜により、彼の硬くて立派な昂《たかぶ》りが膣奥までスムーズに滑り込む。しかし彼の力強さに息が詰まりそうになり、何度も震えてしまう。

「君がとても大切だ」

詩乃の唇を優しく噛みながら、遥斗が浅く腰を引き、再び楔《くさび》を打ち込んだ。蜜孔にぴったり収まるそれで、幾度《いくど》も内壁を擦《こす》られる。

最初はゆったりした拍子を刻んでいたが、次第に詩乃を小刻みに揺らし始めた。

圧迫を与える強い突きではないのに、下腹部の深奥がじんじんし、凄まじい勢いで収縮する。

「や……ぁ、そこ……ああっ！　は……ぅ、んぁ」

あまりにも手慣れた愛戯に、詩乃は為《な》す術《すべ》もない。心地いい潮流に漂《ただよ》い、遥斗を誘うような淫声が零《こぼ》れた。

詩乃自身、それほど経験があるわけではない。なのに、これほどしっくりくるなんて……一瞬にして遥斗の色に染められたと言っても過言ではないほど、彼の愛し方はどれも素晴らしく、詩乃を極上の彼方《かなた》へと連れ去ろうとする。

「あ……っ、はぁ……んっふぁ、変に……なっちゃう！」

その時、遥斗が詩乃のお尻が浮くほど脚を抱えた。さらに彼の肩に引っ掛けて前屈みになり、交わりを深くする。

「あっ、ダメっ……んん、くぅ！」

埋められる硬茎の角度が変わり、媚壁を擦《こす》る圧力が大きくなる。痛いほどの疼《うず》きが生まれ、潮流に変化が生じるほどの甘いうねりが湧いた。

「ああ、詩乃……っ！」

遥斗が切羽《せっぱ》詰まった様子で詩乃の名を口にしたあと、絶妙な律動へと変化させた。総身を揺さぶるほどの激しい動きに、詩乃は淫《みだ》らに乱れて顔をくしゃくしゃにする。

そうして体内で膨れ上がる熱に身を投じ、抽送のリズムを崩さない彼自身を無意識に強くしごいた。

「うっ……！」

歓喜の声を上げた遥斗の肌は、いつしかしっとりと湿り気を帯びてきた。

それは徐々に昂《たかぶ》ってきた証《あか》しなのだろう。だが、遥斗はさらに駆け上がろうと、彼自身を根元まで押し込み、蜜壷の深い場所を穿《うが》った。

「あぁ……イヤ……そこっ、っん、あっ、あっ……！」

喘《あえ》ぎ過ぎたせいで声がかすれているのに、敏感な部分を攻められて声が抑えられない。

体内で渦巻く快感が、引いては打ち寄せる波のように断続的に襲いかかってきた。遥斗の動きと協奏して、どんどん増幅されていく。

「ツン、……あ……っ、あんっ、ん、ダメ、あ……っぅ」

意識までをも攫《さら》われそうな刺激に、詩乃は悩ましげな声を上げ続けた。

遥斗の攻めはまだ終わらない。今以上に詩乃を求めてくる。呼気さえも自分のものだとばかりに唇を塞《ふさ》ぎ、呑み込む。

そして柔らかな膨らみを揉みしだき、硬くなった頂《いただき》を指の腹で転がしてきゅっと摘まんだ。

「んんんっ！」

強烈な疼《うず》きが身体を駆け抜け、高みへと押し上げられる。

もうダメ、イっちゃう！

詩乃が顔を歪ませると、遥斗は口づけを終わらせて詩乃の額《ひたい》に自分の額《ひたい》を擦り合わせた。

「詩乃、詩乃……君が好きだ」

遥斗が大切な言葉を告げたが、詩乃の意識には届かない。

全身を駆け巡る容赦ない情火に支配されて、それどころではなかったからだ。

「聞こえた？　俺は……君を誰にも渡せないほど愛してる」

「あっ、あっ……っん、そこっ……もっと、あぁ……ん」

遥斗がより一層結合を深くし、荒々しい腰つきで深く穿《うが》つ。

「嘘！　それ、いやぁ、あんっ、んふ……ぁ、ああっ」

遥斗の激しい求めに、詩乃の頬は紅潮し、喘《あえ》ぎは熱をはらみ始めた。

「わた、し……もう……ダメ……んぅ、あっ、い、イクッ！」

詩乃が上体をしならせながらすすり泣くと、遥斗はぐちゅぐちゅと淫靡《いんび》な音を立ててさらに揺すった。

抗《あらが》えずにその行為を全て受け止めた時、遥斗が詩乃の腹部へと手を滑らせる。湿り気を帯びた黒い茂みを掻き分けて、ぷっくりと熟れた花芯を指の腹で弄《いじ》った。

刹那《せつな》、詩乃の体内の熱だまりが一気に弾け飛び、瞼《まぶた》の裏で眩《まばゆ》い閃光が放たれた。

「ああぁ……んっ！」

その衝撃に背を弓なりに反らした詩乃は、身を襲う熱風に包まれながら達した。凄まじい風に煽《あお》られて、詩乃の意識がゆっくりと遠のいていく。

遥斗が呻《うめ》いて達しても、詩乃を強く抱きしめても気付かず、深い眠りに落ちていった。

第六章

――翌朝。

外から聞こえる、楽しそうな鳥のさえずり。

番《つがい》なのか、とてもはしゃいでいるように感じられる。

普段なら心地いい目覚まし時計なのだが、今朝に限っては障《さわ》りがあった。

頭がガンガンする。また気分も悪い。成人の祝いにアルコールデビューして以来の酷さだ。

いつお酒を飲んだのだろうか。

しかし、気になる異常はそれだけではない。何故か身体が重くて、下肢を動かすのも辛い。

「う……っん」

腕を上げるのでさえ億劫《おっくう》だったが、詩乃は上掛けを掴《つか》み、重たい瞼《まぶた》をゆっくり開けた。

「何時？」

目をしばたたきながら焦点を合わせたその時、ぐっすり寝入る遥斗が視界に飛び込み、詩乃は唖然とした。しかも彼は上半身裸のまま、詩乃に片腕を回して抱いている。

どうしてわたしは遥斗さんと一緒に眠ってるの？　これは夢!?　――そう自分に問いかけて瞬《まばた》きをするも、彼の姿は消えない。

つまり、これは本当のことなのだ。だったら、初めて遥斗と一夜を共にした日みたいに逃げ出さなければ！

詩乃は慌てて動くが、その直後、身体の節々に痛みが走った。

「……っ！」

思わず呻《うめ》き声を漏らしてしまい、反射的に口を手で覆う。

詩乃の声で遥斗が目覚めたかと思ったが、彼はまだ穏やかな寝息を立てて眠っている。

気付かれなかったとホッとしたのも束の間、どうしてこんなに筋肉痛になったのかと不安に襲われた。

しかし、いつまでもここにいるわけにはいかない。詩乃は気怠《けだる》い身体に鞭打《むちう》って静かに上体を起こす。

その時、上掛けが素肌を滑り落ちた。甘い刺激が体内を駆け巡り、詩乃はビクッとなる。

「な、何？」

恐る恐る目線を落とすと、なんと詩乃は肌襦袢姿《はだじゅばんすがた》だった。腰紐が解かれた状態で、ほぼ真っ裸に近い。パンティすら穿《は》いていない。

慌てて肌襦袢《はだじゅばん》の前を掻き合わせた。

詩乃は昨夜何が起こったのかを考えるが、すぐに頭を振る。

深く追及するのは、一人になってからでいい。今は早く遥斗の傍を離れなければ！

詩乃は腰を上げて逃げようとするが、そうする前に強い力で腕を掴《つか》まれた。目を見開くと同時に、後ろに引っ張られて仰向けに倒れる。

「きゃっ！」

「またも逃げ出すとは、いい度胸だ」

遥斗は詩乃をベッドに押さえ付け、辛辣《しんらつ》な言い方をする。でもその瞳には、熱情の色が宿っていた。

詩乃に対して遥斗がこんな風に感情を表に出すのは初めてなのに、どこかで目にした記憶がある。

いったい、いつ見たのだろうか。

「詩乃を手に入れたら、もう逃がさないと言ったはず」

「手に入れた？」

詩乃はそう訊き返しながら、以前にも遥斗からそんな話を聞いた気がしてならなかった。

何もかもがおかしい。この状況に至った経緯がまったく思い出せないなんて……

「……覚えていないのか？」

詩乃の様子に不可解なものを感じたのか、遥斗が眉間を寄せる。

「はい……」

詩乃は静かに頷く。しかし、遥斗が深いため息を吐いた直後、フラッシュバックするように彼の息が詩乃の素肌をかすめる光景が浮かんだ。

首筋に、腹部に、大腿に……

そのことに身震いした時、遥斗がゆっくり上体を起こす。記憶を遡《さかのぼ》るように目を逸らし、ある一点を見つめた。

遥斗から離れるのなら、意識が逸れた今しかない。

詩乃は少しずつ身を起こして距離を取ろうとする。ところが、それに気付いた遥斗に二の腕を取られ、引き寄せられてしまう。

「あっ！」

身体の節々に痛みが走り、思わず顔をしかめると、遥斗が不意に詩乃の頬を優しく撫でた。

愛情の籠《こ》もった触れ方に、今度は痛みとは別の疼《うず》きが身体の芯を走り抜けていく。

誘うような吐息が漏れそうになり必死で呑み込むが、遥斗には隠し切れなかったみたいだ。

「それが何を意味するのか、あとで教えてあげよう。でも今は、こっちが先だ」

遥斗は嬉しそうに顔をほころばせて、ある方向を指す。そちらを見ると、ソファに置かれた着物が目に入った。

「わたしが借りた、着物？」

途端、箏《こと》の演奏後に湧き上がった高揚感や、遥斗に担がれてカートに乗せられた場面、そして、その後に起こったことが鮮明に甦《よみがえ》った。

着物を脱がされ、ベッドへ攫《さら》われ、そして濃厚なキスと情熱的なセックスが……

「あれは夢では……？」

そうであってほしいという懇願も込めて、遥斗に意識を戻す。彼は熱っぽい眼差しを詩乃に向けていた。

「夢じゃない。現実だ。詩乃は俺に抱かれてよがり――」

「言わなくていいです！　わかりましたから……」

詩乃はそんな言葉を聞きたくないと、遥斗の口を手で覆った。

この身体に残る節々の違和感や倦怠感は、しばらく経験していないもの。断片的な記憶と体調を考えれば、遥斗の言うとおりだとわかる。

だからといって、ベッドで絡み合った流れは聞きたくない。

詩乃が瞼《まぶた》をぎゅっと瞑《つぶ》った時、遥斗が詩乃の手首を掴《つか》んだ。ハッとして目を開けると、彼は詩乃の手をゆっくり下げ、鋭く射貫く。

「言ったはずだ。詩乃を抱いたら、もう二度と離さないと」

「昨夜のことは、どうか忘れてください！　わたしは酔っていて――」

「そのとおり！　詩乃は満足のいく演奏ができ、とてもテンションが高かった。酔っていると言っていい。だから、昨夜は二人とも最高の絶頂を得られた」

生々しい言葉に、詩乃の顔が火照《ほて》っていく。

そうなるのは、喜びなのか、それとも戸惑いなのか、自分でも理解できない。

どうして、よりによって遥斗さんと――と考えそうになり、詩乃はすぐさま中断した。

今は自分の部屋に戻るのが先決だ。いつまでも遥斗の傍にいたら、考えがまとまらない。

詩乃は静かに移動してベッドを出た。

肌襦袢《はだじゅばん》の前を合わせて腰紐でしっかり結ぶが、ここからどうすればいいのかわからず、その場で立ち尽くす。そうしていると、背後から深いため息が聞こえた。

「自分の部屋に戻りたいんだな？　そこにあるスプリングコートを羽織ればいい」

気遣いに満ちた言葉に、詩乃は驚いて振り返る。

気怠《けだる》げな様子で片膝を立てた遥斗は、そこに肘を載せてこちらを窺《うかが》っていた。

男神かと見紛《みまが》う色気ある振る舞いに、詩乃の舌の根が渇き、息苦しくなっていく。それを隠すように、詩乃は慌てて男性用のスプリングコートを羽織った。

これで自分の部屋に戻れる。あとは着物を持って帰るための大きな袋を借りるだけだ。

「遥斗さん、何か大きな袋ありませんか？　着物を入れて――」

「必要ない。俺が責任を持つ」

「でも！」

反論しようとするが、詩乃は途中で口を閉じた。

自分で返却するのが筋だとわかってはいるが、今はその件で押し問答するのも辛い。

体力的にも、精神的にも……

「では、よろしくお願いします。失礼します」

詩乃は頭を下げ、ドアへ向かって歩き出す。ところが数歩進んだところで「詩乃」と呼ばれて、ぴたりと足を止める。何を言われるのかと不安を感じながら恐る恐る振り返った。

「なんでしょうか」

「今は逃げても構わない。だが、こうなったからには……逃げても追うからな」

「どうして？」

「君が好きだからだ」

遥斗の告白に詩乃は目を見開き、唇をわなわなと震わせた。

好き？　遥斗さんがわたしを？　そんなわけない――と思うものの、真摯《しんし》な眼差しを向けられて、勘違いではないことを悟る。

まさか、本当に!?

詩乃は絶句し、遥斗を凝視してしまう。しかし、今はこれ以上何も考えられず慌てて頭を下げた。

「し、失礼します」

そう言って、急いでその場を立ち去った。

詩乃は自分にあてがわれた新館の部屋に逃げ込むなり、室内をぐるぐる歩き回った。

「好き？　遥斗さんがわたしを!?」

詩乃は信じられないと頭を振る。しかし、消し去ろうとすればするほど遥斗と過ごした甘美な記憶が浮かび上がってきた。

「ダメダメ！　昨夜の出来事はなかったことにするの。そういう風に振る舞わないと」

そのためには、どういう心持ちで遥斗に接すればいいか、これから考えなければならない。

でも、今は時間がない。

もうすぐ七時になろうとしているのを確認した詩乃は、スプリングコートと肌襦袢《はだじゅばん》を脱ぎ捨てると、急いでバスルームに向かった。

シャワーブースに入り、ボディソープの泡でいろいろなものを洗い流そうとする。そのたびに鈍痛が走り、秘所には違和感が生じた。

それらは、身体に刻まれた愛された名残《なご》り。

詩乃は首筋を手で撫でながらシャワーブースを出て、大きな鏡に裸体を映した。

「な、何……これ」

詩乃の目に飛び込んできたのは、胸元に咲く、無数の赤い小花だった。なんと首筋にまである。キスマークだ。

こんなにいっぱい痕が付いている理由は、遥斗の唇が詩乃の肌を這い回ったという証《あか》し。

詩乃は堪《たま》らず目を閉じるが、そうすると余計に遥斗に何度も愛された記憶が鮮明に甦《よみがえ》ってきた。

たったそれだけで身体の熱が上昇し、下肢の力が抜けそうになる。乳房が重くなり、乳首も硬くなってきた。さらに双脚の付け根まで、じんじんと疼《うず》き出す始末。

まるで、詩乃の意思とは裏腹に、身体が遥斗を欲しているかのようだ。

わたし、好きなの？　遥斗さんを……!?　――と鏡の自分に向かって問いかけた。

すぐに〝そんなわけないでしょう〟と笑う自分が返ってくるのを期待していたが、そこに映る詩乃の頬はピンク色に染まり、瞳は恋する女性みたいに熱っぽく潤《うる》んでいた。心臓も高鳴っている。

詩乃は自分の反応に愕然とするが、心が喜びで満たされていくのは止められない。

「好き……なのね。だから、遥斗さんに激しく求められても、拒まずに受け入れたのね。本当に抱かれたくなかったら、絶対に彼の手を退けていたはずだもの」

言葉にすることで、これまでに感じていた複雑な感情の意味が、ようやく詩乃の心にすとんと収まった。

いつの間にこんなにも遥斗を好きになったのだろうか。

初めて別荘で会った時、遥斗の酷い態度に〝絶対にフィアンセ候補から外れる！〟と決意さえしたのに……

しかし、詩乃はそこで大きく肩を落とした。

好きだと気付いたからどうだっていうのか。詩乃が三番手のフィアンセ候補だと正直に話せば、恋が成就《じょうじゅ》するとでも？

詩乃は力なく頭を振る。

騙《だま》していたと知れば、遥斗は詩乃に怒りを向けるに違いない。

その瞬間を想像するだけで、張り裂けそうな痛みが胸を襲った。

だが、今はそれを無理して消そうとするのではなく、ここでの仕事を順調に終えることだけを考えよう。自分の気持ちと向き合うのは、明日以降でも遅くはない。

「そうよね？」

鏡に映る自分に問いかける。

先ほどとは違う不安の色が顔に表れていたが、詩乃は踵《きびす》を返して洗面所を出た。

朝会も兼ねた朝食の場に遅れないよう、手早く身支度を始める。膝丈のプリーツスカート、白いシャツを着ると、黒色のボウタイを結び、長い髪を後ろで一つに結んだ。

準備を終えると、詩乃は部屋をあとにした。

――約二時間後。

現在、スペンサー・トラベルカンパニーと最後の商談が行われている。

詩乃は、企画チームと一緒に別室で結果を待っていた。

プレゼンテーションもバンケットも上手くいったこともあり、誰もが無事に契約が結ばれると思っている。とはいっても、やはりどこか心配が残るのか、企画チームの人たちは皆そわそわしていた。

それは詩乃も同じ気持ちだ。

但《ただ》し、契約とは無関係なところでだが……

一時間前、詩乃は朝食の場で、遥斗と岩井と打ち合わせを行った。

これまでは遥斗と反目していたため、毎回ピリピリした雰囲気だったが、親密な関係を持ったせいで、彼の素振りが一変していた。

飲み物が足りなくなれば遥斗が注文し、料理が運ばれてきたら詩乃を優先する始末。岩井の目があるのに、あれやこれやと詩乃の世話を焼いたのだ。

当然ながら、遥斗との関係が変わった理由を岩井が知るはずもない。

詩乃が遥斗と男女の関係を持っただなんて……

「ふぅ～」

詩乃は長く息を吐き、椅子の上で肩の力を抜いた。

お願い、わたしに考える時間をちょうだい。自分の心と向き合う猶予を――そう願うが、この件に関して、そこまで長く後回しにはできないだろう。

態度を変えた以上、遥斗は自分を曲げずに突き進むとわかったからだ。

詩乃は頭を抱えたくなるのを堪《こら》えて気分を変えるべく立ち上がった。

コーヒーを淹《い》れようとするが、ちょうど企画チームの人たちの前に置かれたマグカップの中身も減っているのに気付く。

ついでに彼らにもコーヒーを注ごうと思い、詩乃は壁際に置かれたコーヒーメーカーからポットを取り上げた。各々の前へ行き、彼らのカップにコーヒーを満たしていく。

「大峯さん、ありがとう」

「いいえ」

詩乃は微笑むが、この時間になっても宇賀の姿が見えないのが気になっていた。

ここにいるのは、今回のプレゼンテーションに携《たずさ》わった企画チームのメンバーばかり。その中に宇賀がいないのはおかしい。

「あの、すみません……」

詩乃は、ちょうど目の前にいた四十代の男性に声をかけた。

「宇賀さんはどうされたんですか？　今日、一度も彼を見ていないんですが」

「宇賀？　……ああ、大峯さんと同窓の宇賀ですね。彼は午後から出張なので、今は部署の方で資料の準備をしていると思います。呼びましょうか？」

「いいえ！　仕事中ならいいんです。ただ、彼がいないのが不思議だっただけですので」

詩乃はお礼を言って、席に戻った。

宇賀は今日の午後に出張で出てしまう。詩乃たちも、今夜にはホテルを発つ。

直接会えるチャンスは、宇賀が出張に出るまで……

なんとかして友人に会いたいと思いながらテーブルに置いたスマートフォンに視線を落とした時、示し合わせたかのように着信音が鳴り響いた。液晶画面には、岩井の名が表示されている。

もしかして、契約について何か問題が⁉

「はい、大峯です」

『岩井です。まず結果報告――』

そう言った瞬間、部屋のドアが開いて木下が入ってきた。

「契約が取れた！」

木下が叫ぶと、大歓声が湧き起こった。

『……ということです』

「良かったです」

詩乃はクスッと笑う。テーブルに置いていたタブレットなどを持って立ち上がり、喜びを分かち合う企画チームの傍を離れた。

『ブラウン氏たちは、これから国安専務や三木さんと東京へ向かわれるため、私たちは見送ってきます。企画チームは通常の仕事に戻るので、大峯さんはフロントの方へ移動してください』

詩乃が「わかりました」と言って通話を切ると、ちょうど木下が歩み寄ってきた。

「このたびは、お力添えいただきありがとうございます」

「とんでもございません。全て、企画チームの皆さんが尽力してくださったおかげです。おめでとうございます」

「いや……」

木下が嬉しそうに笑って軽く目線を落とすが、すぐに顔を上げた。

「宇賀が大峯さんと同窓で、良かったです。バンケットは契約とは関係ないものの、日本舞踊などを観たいと、事前に先方に言われていたわけですから。穴を開けることなく進められたのは、大峯さんの助力があってこそ！　ありがとうございました」

「いえいえ、わたしなんかでお役に立てたかどうか……。ところで、宇賀さんはこれから出張だと伺いました。彼にはまた改めて連絡を入れたいと思います」

「宇賀も喜ぶでしょう。それはそうと、国安部長のところへ戻られるんですよね？」

「はい。フロントで合流する予定です」

「では、私はこちらで失礼いたします」

木下に続いてお辞儀をしたあと、詩乃は他のチームメンバーとも挨拶《あいさつ》して別室を出た。

ホテルの表玄関に位置づけされた建物へ行き、フロントへ向かおうとする。

その時、不意に「詩乃!?」と声をかけられた。振り返ると、そこには中型のスーツケースを引っ張る宇賀がいた。

詩乃は宇賀に駆け寄り、彼の正面で立ち止まった。

「まさかここで潤二に会えるなんて……！」

「俺もビックリした。運良く詩乃に会えて良かったよ。昨夜のことがずっと気になってたんだ。大丈夫だった？　国安さんに担がれて――」

その話は止めてと、詩乃は首を横に振る。

いくら友人であっても、遥斗との間に起こった件は言いたくない。

詩乃は話を濁《にご》すように咳払いし、宇賀が手にしたスーツケースを指した。

「これから出張なのよね？　もう出発するの？」

「そうなんだ。淡路島にあるうちのホテルへね」

詩乃は頭の中で、KUNIYASUリゾートホテルの分布図を広げる。

確かに、そこの海辺に近い場所にホテルが建っていた。

「出掛けてしまう前に間に合って良かった。あの……今回はいろいろと迷惑をかけてごめんね」

「偶然会ったんだから仕方ないよ。それに、俺らが友人なのは本当のことで、別に嘘じゃないし」

「でも、わたしのせいで遥斗さんに目を付けられた」

「確かにそうだけど、それを差し引いても身にあまる幸運を得られた。知ってるだろう？」

宇賀は満足げな面持《おもも》ちで詩乃を見つめる。

「ありがとう、詩乃。今回の件は本当に感謝してるんだ。だからそのお礼として……一つだけ友人として忠告しておくよ」

「何？」

「ここ数日、国安さんと詩乃を見ていて思ったんだ」

詩乃が眉間を寄せると、宇賀が唇の端を上げた。

「早く……自分の名字を明かせよ」

「言えないって、わかってるくせに」

「だけど、わだかまりは一つずつ解いていかないと。それに——」

そこまで言って、宇賀が考え込むように口を閉じた。その表情があまりにも気になり、詩乃は「それに？」と続きを催促する。

宇賀は面《おもて》を上げ、詩乃をまじまじと見つめた。

「詩乃があまりに力説してたから黙ったんだけど……やっぱり伝えておくよ。会長のところで就職した際、偽名を使ったって言っただろう？　俺さ、そう簡単に騙《だま》せると思えないんだ」

宇賀の話を聞いて、詩乃は思わずぷっと噴き出した。

「大丈夫よ。だって、バレてたら絶対に会長から問い詰められるもの。それがないってことは、まだ気付いていない証《あか》しだから」

「でもさ、会社ってきちんと調べ——」

心配する宇賀を安心させるために、詩乃は彼の肩をぽんぽんと優しく叩いた。

「わかった。そのことはきちんと頭に入れておくから、心配しないで」

「だったらいいけど……。じゃ、そろそろ行くよ。出張の手続きをしないといけないし」

「うん。気を付けて行ってね。また連絡する」

宇賀は詩乃に頷くと、建物の横手にある関係者専用のスロープへと向かう。

友人の後ろ姿を見送った詩乃は、フロントへと続く石畳を歩き始めた。

その時、不意に何かの気配を感じてゆっくり目線を上げる。なんと真正面に遥斗が立ち、じっと詩乃の様子を窺《うかが》っていた。

遥斗の姿を目にしただけなのに、詩乃の胸が躍り始める。今朝、部屋を出た際もそうだったが、あの時よりも今の方が心が彼を求めていた。

「詩乃」

名前を呼ばれて我に返った詩乃は、慌てて駆けようとするが、急いだあまり石畳に躓《つまず》き、そのまつんのめってしまう。

「きゃっ！」

「危ない！」

詩乃は無様に転げるのを防ごうと、地面に両手と膝を突いた。

「大丈夫か⁉」

詩乃と目線を合わせるように、遥斗が膝を折る。詩乃が頷くと、彼は詩乃が返事をする前に手を取り、ひっくり返した。

石畳に擦《こす》れたせいで手のひらが赤くなっている。

するると、まるで自身の痛みかのように遥斗が顔をしかめた。

「大丈夫です……」

そう言うものの、遥斗は手のひらについた砂を指先で払いながら、擦り傷で生じた熱を下げるように息を吹きかけた。

遥斗の行動に驚いて息を呑むが、同時に彼の優しさに触れて、詩乃の心臓がどんどん早鐘を打ち始めた。呼吸が浅くなるにつれて、体温も少しずつ上昇していくのがわかるほどだ。

その時、背筋に甘い電流が走り、詩乃は思わず詰まったような声を漏らしてしまう。すると、遥斗がさっと面《おもて》を上げ、詩乃の目を覗《のぞ》き込んできた。

「痛かったか？」

「いえ……大丈夫です。ありがとうございます」

「血は出てないが、きっとヒリヒリしてくるだろう。急いで走ってくるからだ。それでなくても、昨夜のせいで身体が辛いのに」

遥斗が甘い声で囁《ささや》く。

何を指しているのかわかるや否や、詩乃の頬が羞恥《しゅうち》で上気した。

遥斗はそんな詩乃を見て頬を緩《ゆる》めるが、おもむろに詩乃の手のひらに視線を落とす。

「さっき、何を話していた？　彼が……好きなのか？」

「か、彼？」

「そう、宇賀さんだ」

好き？　わたしが潤二を？　――と思ったが、詩乃は宇賀についてあえて細かく遥斗に伝えなかったことを思い出した。それで、彼は詩乃と宇賀が特別な関係だと思ったに違いない。

「あの――」

何を言おうか考えずに口を開いた時、不意に「国安部長」と遥斗を呼ぶ声が聞こえた。

詩乃が遥斗の背後に視線を移すと、こちらに歩いてくる岩井の姿が目に入る。遥斗の傍で立ち止まった岩井の視線が、詩乃の手に落ちた。

それに気付いた詩乃は、咄嗟《とっさ》に手を引き、素早く立ち上がった。

少し膝が痛かったが、汚れているだけでなんともない。遥斗が息を吐いて立ち上がるのを気にしながらも膝の砂を払い、岩井に会釈《えしゃく》した。

「岩井、どうした？」

「伊沢さまがいらっしゃっています。契約の成功を、料理長から伺ったとか」

岩井の背後に目をやると、先ほど遥斗たちがいた場所に立った伊沢が、こちらに軽く頭を下げた。

「麗子……」

遥斗が伊沢の名前を口にしただけで、詩乃の心臓にぎゅっと締め付けるような痛みが走る。

詩乃はタブレットを掴《つか》んで感情を押し殺し、伊沢を迎えに歩き出す遥斗に続いた。

「契約の成功、父に聞きました。おめでとうございます」

伊沢はこれまでと変わらない様子で、淡々と話す。遥斗に対しても一切感情を表に出さない。そんな彼女を、彼は喜びに満ちた顔で出迎える。

それこそ伊沢に対してだけ、遥斗が心を許している証拠だ。

改めて目の当《ま》たり《あ》にした詩乃は、ショックのあまり目線を落とす。そして、伊沢の高級ブランドのハイヒール、宝石がちりばめられた腕時計、繊細な指で輝く一粒のダイヤモンドリングを見つめた。

まだ若いのに、既に社会人として成功を収めている伊沢。

こういう何事にも動じない雰囲気を持つ大人の女性こそ、遥斗には相応《ふさわ》しい。誰が見ても、絶対にそう思うだろう。

詩乃は、二人が仲良く並び立つ姿を見ているだけで辛くなり、無理やり瞼《まぶた》を閉じた。

「成功したのは携《たずさ》わってくれた皆のおかげだ。もちろん麗子もそのうちの一人だよ」

「あたしは別に……。とにかく、父と料理についていろいろと話せる時間を持てて楽しかったわ」

「ここを発つ前に伊沢料理長と夕食を取る約束をしているんだ。企画チームの木下さんも一緒だが、麗子も同席しないか？」

「素敵なお誘いだけど、ごめんなさい。お昼にはここを出ないと。夕方から収録があるの」

「そうか。なら仕方ないな。久しぶりに会えたのに」

「あたしと親交を温めたいの？　それならば、あたしを唸《うな》らせるレストランに連れて行って」

伊沢の物言いに、遥斗が楽しげに声を上げた。

「参ったな。わかったよ。仕事が一段落した頃に連絡を——」

「遥斗さん！」

急に聞き覚えのある可愛らしい声が響き、詩乃は面《おもて》を上げて建物の中を見た。

なんとフロントにいたのは、フィアンセ候補の一人、鈴森だ。

何故、彼女がここに⁉

詩乃が目を見開くと、鈴森が愛しい人と会えた喜びを隠さないまま、こちらへ走り出した。

モスグリーン色の爽《さわ》やかなワンピースを着た鈴森はとても可愛らしく、その立ち姿は、花が咲いたみたいに麗《うるわ》しい。

鈴森は伊沢の隣で止まり、遥斗に満面の笑みを向けた。

全身で想いを伝える鈴森の勢いに気圧《けお》され、詩乃はそっと後ろに下がる。岩井も少しずつ移動し、詩乃の隣に並んだ。

「鈴森さん？　どうしてこちらに？」

遥斗の声が驚いたようにほんの僅《わず》かだけ大きくなるが、表情は冷静だった。そんな彼とは正反対に、伊沢はどこか落ち着きがない。

「鈴森さん？」

詩乃が思ったとおり、伊沢の声が震える。眉間に皺《しわ》を寄せるほど、不安の色が顔に出ていた。

伊沢の態度が引っ掛かったが、軽やかな笑い声が響いて、詩乃は再び鈴森に意識を戻した。

「父が遥斗さんのお祖父さまと電話でお話をしたらしいんですけど、そこで遥斗さんは箱根のホテルに出張中だと伺って……。それで、居ても立ってもいられなくて来てしまいました」

鈴森は甘えるように遥斗の腕を両手でそっと掴《つか》む。

詩乃は胸の痛みに耐え切れなくなり、光景を遮断しようとした時、ふと伊沢の様子が一変していることに気付いた。

これまでは上品な大人の女性という感じだったが、それが見事に剥《は》がれ落ちている。彼女は焦りの色を顔に出し、遥斗と鈴森を交互に見つめていた。

ひょっとして伊沢さんは遥斗さんを好きなの？　——と眺めていると、彼女がおもむろに詩乃に目線を移す。

二人の目が合うと、伊沢は瞬《またた》く間に感情を消した。

まるでそれを知られたくなかったかのように……

「だってこちらには、伊沢料理長がいらっしゃるでしょう？　ということは、ご息女の伊沢さんも駆けつけてくると思って。……あたしの考え、間違っていませんでしたね？」

鈴森は白い歯を零《こぼ》しながら遥斗から手を離し、伊沢に軽く会釈《えしゃく》した。

「伊沢さん、初めまして。遥斗さんのフィアンセ候補の、鈴森明里と申します。テレビでもよく拝見する伊沢さんとお会いできて、とても嬉しいです」

「……初めまして、伊沢麗子です」

笑顔の鈴森と、無表情の伊沢が向き合う。

火花が散っている風に見えるのは、詩乃だけだろうか。

詩乃が静かに見守っていると、岩井がそっと詩乃の肘を小突いた。

「ここで立ち話をさせるわけにはいかない。ただ伊沢さまはこのあと予定があるから、ひとまずウェルカムラウンジに案内してはどうかな」

「では、わたしが先に行って席を――」

「いや、今回は僕が行ってくるよ。ここは君に任せる」

そう言うと、岩井は黙礼して下がり、足早に建物の中に消えた。

「こうして遥斗さんのフィアンセ候補者が二人揃うなんて、初めてですね。もう一人の候補の方もいらっしゃったら、全員で顔合わせができたのに」

不意に鈴森の口から出た言葉に、詩乃は目を剝《む》いた。

もう一人って、わたし!? ――と慌てて皆を見回す。

伊沢はただ口角を上げ、遥斗は眉をひそめる。ところが鈴森は、二人の反応をものともしない。

「遥斗さんはお会いしたことがあるんですか？ もう一人の候補の方……西條さんって方と」

詩乃の心臓が激しくドキッと打ち、そのリズムがどんどん速くなっていく。

遥斗が自分のことを何か知っているのだろうかと不安になり、恐る恐る彼を窺《うかが》った。

そこにあるのは、礼儀正しく接する時に浮かべるあの顔つきで、不自然なところは何もない。

詩乃は胸を撫で下ろすも、三人目の候補の名が出た以上、この話はこれで終わらないと身構える。

すると、遥斗が鈴森に微笑みかけて口を開いた。

「とてもお詳しいんですね。ところで、鈴森さんはどうして皆さんのお名前をご存知なんですか？」

「遥斗さんのお祖父さまが、父にフィアンセ候補の資料を送ってくださったんです。遥斗さんのお祖父さまやお父さまとどういう繫《つな》がりがあるのか、候補者の方の年齢とか。皆さんに公平な機会を与えた上で絞りたいというお話でした。そうですよね、伊沢さん」

「……ええ。でもあたしは、他の女性には興味がないので」

伊沢は目を細めながらも、素っ気なく言う。

「まあ、本当に⁉　良かった……伊沢さんは遥斗さんをお好きではないんですね」

鈴森の直球の言葉に、伊沢が眉間に皺《しわ》を寄せた。

「きちんと伺って安心しました！　そうですよね。伊沢さんほどのキャリアウーマンでしたら、結婚で家庭に縛られるより、料理家としての道をさらに極めたいはずですもの」

鈴森は可愛らしく頬を緩《ゆる》めて、遥斗を上目遣いで見る。

「つまり、遥斗さんのフィアンセになるのは、あたしか、西條さんのどちらかということに。早く西條さんともお会いしたいです」

「その件ですが――」

遥斗が何か言いかけた時、詩乃のスマートフォンが鳴り響いた。岩井から席が用意できたと連絡が入る。

「すみません」

会話に割って入るのは気が引けたが、詩乃は小さな声で呼びかけた。

この時初めて、そこにいた人たちの目線が詩乃に向けられる。

当事者にもかかわらず、嘘を吐いて素知らぬ振りをしているせいか、皆に見つめられて緊張してしまう。それを必死に隠し、遥斗を仰《あお》ぎ見た。

「皆さまのお席をご用意しましたので、そちらでお話されてはいかがでしょうか？」

「いや、麗子は仕事で帰らなければならないし、俺たちもやるべきことがある。だからこそ――」

遥斗は詩乃に告げたあと、断固たる意志を示すように鈴森と伊沢に意識を戻した。

「今ここで明確にしておきたい。祖父や父の勝手で、鈴森さんや麗子を巻き込んでしまい申し訳ない」

なんと、遥斗が二人に頭を下げた。

「今になって、祖父が積極的に動くとは想像すらしていなかった」

そう言って、詩乃をちらっと見つめる。

国安会長が詩乃を遥斗の傍へ遣わした件を指しているのだろうか。

詩乃は居心地が悪くなり、視線を手元に落とした。

「とはいえ、この件をずっと放置していた責任は、俺にもある。もう一人の西條さんはここにいないが、鈴森さんにはきちんと伝えておきます」

遥斗の言い方に、鈴森の柔らかな笑みが初めて消えていく。

「祖父が決めたフィアンセ候補とは……鈴森さんとはお付き合いできません」

遥斗の発言に鈴森が愕然となる。

「どうして、あたしとはお付き合いできないんですか？　もしかして、遥斗さんは伊沢さんか西條さんをお選びになると？」

「それは誤解です。当初から麗子はこの話に乗り気ではないので、わざわざ口にしなくてもいいと判断したんです。西條家のご令嬢とは……一度も連絡を取っていないのもあり、結婚話に興味はないと踏みました。しかし、鈴森さんは違う」

遥斗が鈴森に〝そうでしょう？〟と目で訴える。

「さっきも言ったように、祖父が決めた結婚相手と付き合うつもりはありません。誰であってもです」

遥斗の断言に、詩乃の顔から一気に血の気が引いていく。その言葉には、詩乃自身も含まれているからだ。

「そんな！　あたしは、遥斗さんのお嫁さんになりたい。お願いです、どうか一方的に切ろうとしないでください。断られたら、両親が——」

鈴森が泣きそうになりながら遥斗の腕に縋《すが》る。だが、彼はその腕をそっと外した。

「鈴森家のみならず、それぞれが国安家に恩を感じていることは知ってます。しかし、このご時世……結婚で絆《きずな》を強固にするのはナンセンスだ。事業に関してはお互いにいい関係を築けている。特別な縛りを設《もう》けなくても、我々の繋《つな》がりは揺らがない」

「それでは父が納得しません！」

「お父上が納得しない？」

一瞬で遥斗の声音が低くなる。

いつもと違う様子に驚いた鈴森が、その場で飛び上がるほどビクッとした。

「国安家が娘さんをほしいとお願いしたと？　そうでないのは皆が知っている。それをこちらから断ると言えば〝納得がいかない〟と？　どういう了見ですか？」

「あたしは――」

　恐る恐る何かを言いかけた鈴森に、遥斗が小さく息を吐く。

「鈴森家に限らず、伊沢家や西條家とも貸し借りは一切ありません。昔世話になったからといって、子が恩を返そうとしなくていいんですよ」

「あたしは返したいです！」

「結婚は、強要されてするものではなく、好きな相手とするべきでしょう」

「強要ではありません。あたしは遥斗さんが好――」

　そこで鈴森の言葉を遮《さえぎ》るように、遥斗が首を横に振った。

「これ以上の話は不要です。改めて、鈴森家、伊沢家、そして西條家に正式に断りを入れさせていただきます」

「つまり、フィアンセ候補に名を連《つら》ねた女性とは、誰とも付き合わないと思っていいのね？」

　ここで初めて伊沢が遥斗に問いかけた。

　遥斗の発言にショックを受けつつも、詩乃は淡々と告げる伊沢を注視した。

「ああ、付き合わない。好きでもない女性とは……」

　遥斗はそう言い、肩越しに詩乃を見つめてきた。

　詩乃の心を射止めんばかりに、遥斗の双眸《そうぼう》には熱が宿っている。

　たったそれだけで、詩乃は雷に打たれたみたいに身体の芯に電流が走った。震える手を握り締めて反応を隠すも、遥斗から目を逸らせない。

すると、やにわに遥斗が唇を緩《ゆる》めた。

「話は以上だ。……鈴森さん、あなたとは麗子と同じく友人関係を続けたい。しかし、それ以上を求められるのは困ります。こうして仕事場に来られるのも。申し訳ありませんが、自重していただけませんか？」

鈴森は大きな瞳をうるうるさせて、遥斗を見つめる。

そんな二人の間に漂《ただよ》う空気が耐え切れなくなったのか、伊沢が咳払いした。

「遥斗の言いたい意味はわかった。あたしはもう戻らないと……。ここで失礼していい？」

「また連絡する」

「期待しないで待ってる」

素っ気なく言う伊沢に、遥斗は白い歯を零《こぼ》す。

伊沢は遥斗に「じゃあね」と言って手を振ると、詩乃と鈴森に会釈《えしゃく》して歩き去った。

その場に残された三人の間に、突如そよ風が流れ込む。

花の香りとほんの僅《わず》かに鼻腔《びこう》をくすぐる雨の匂いに、どれだけ周囲に気を配る余裕もなかったのか実感させられた。

それぐらい、〝祖父が決めた結婚相手と付き合うつもりはありません〟という遥斗の言葉に衝撃を受けていたのだ。

遥斗への愛に気付いたのは、つい今朝のこと。

あまりにも唐突だったため、これからどうするかは帰京してから考えたいと思っていた。

自分はフィアンセ候補の一人、西條詩乃だと打ち明けて、愛してしまったと告白するのか。それとも口を閉じ、遥斗への想いを封印するのかを。

しかし、今となっては無意味なものになってしまった。詩乃がフィアンセ候補の一人である以上、告白してもこの恋は決して実らない。遥斗が事前に突っぱねたようなものだからだ。

「お仕事の邪魔をして申し訳ありません。まだ……心の整理がつきませんが、遥斗さんに迷惑をかけたくはありません。だから、今日は帰ります」

「ご理解いただき、ありがとうございます」

遥斗が小さく頭を下げ、謝意を示す。

「あの！」

「なんでしょうか」

「あたしを外まで送ってくれませんか？」

「もちろんです」

遥斗が背後の建物を示して合図を送ると、鈴森は彼と並んで一緒に歩き出す。詩乃も彼らに続くが、途中で岩井が忍び寄ってきた。

「連絡を入れたのに、どうなってる？」

「少し込み入っていて……。伊沢さまは仕事があるため帰京の途に。鈴森さまは今から戻られるので、これから遥斗さんは見送りをされると」

「わかった。じゃ、席はキャンセルしてくる。ここで……ロビーで待ってるよ。大峯さんは遥斗さんの傍にいてくれるかな？　鈴森さまの様子がいつもと違うから、女性が傍にいる方がいいと思う」

岩井の観察力に驚きながらも詩乃が頷くと、彼は傍を離れた。

詩乃は前を向き、エントランスを通り抜けて外へ出た遥斗たちを追いかける。

二人はロータリーに停まっているタクシーには乗らず、ツツジが咲き誇る花壇の脇を進んでいく。いったいどこへ行くのだろうか。

小首を傾げつつも、二人から数メートルほど離れて続いた。

その時、不意に頬が濡れた。空を見上げると、水滴がぽつりぽつりと頬や肩に落ちる。

「雨？」

西の空から鉛色の雲が迫ってきている。しかも徐々に雨粒が大きくなってきた。髪や衣服にも浸み込み、アスファルトの色も変わり始める。

遥斗たちのために引き返して傘を持って来ればいいのか、それともこのまま彼らに続けばいいのか判断がつかない。

答えを得たくて遥斗たちを目で追うと、ちょうどその先にある大きな数寄屋門《すきやもん》のところに、一台のタクシーが停まっているのが見えた。

遥斗たちがそこで立ち止まるや否や、タクシーのドアが開く。どうやら鈴森の送迎用に用意していたようだ。

「さあ、乗って」

遥斗が鈴森を促《うなが》すものの、彼女はタクシーに乗る直前で振り返った。

小降りだった雨は、今や強くなりつつある。

鈴森の髪や顔、さらに薄手のワンピースを濡らしていくのに、彼女は遥斗の傍から離れ難いと言わんばかりに彼に近寄った。

「父がお世話になった件が切っ掛けで、遥斗さんと出会いましたが、好きな気持ちに嘘はありませんでした。本当に遥斗さんの妻になりたいと思ったんです。だけど、いくら望んでも……遥斗さんはフィアンセ候補の誰とも付き合う気はないんですね？」

鈴森のきめ細かい白い頬に流れる水滴。雨なのか、涙なのかはわからない。ただ鈴森の唇は、傍目にもわかるぐらいに戦慄《わなな》いていた。

それでも遥斗は鈴森を慰《なぐさ》める言葉をかけない。

「申し訳ありません」

「ですよね……」

鈴森は苦笑いを漏らし、ゆっくり目線を落とした。

「あたしの我儘《わがまま》を聞いてくれてありがとうございました。こうして二人きりの時間を作ってくれたこと、とても嬉しかったです。遥斗さん、さようなら」

別れを告げた鈴森は、身を翻《ひるがえ》してタクシーに乗る。そしてドアが閉まると、遥斗に頭を下げた。

直後、タクシーは発進して坂を下っていった。

テールランプが見えなくなるまで見送ると、遥斗がすぐに詩乃の傍に走り寄ってきた。

「悪かった！」

遥斗が謝ったかと思ったら、スーツの上着を脱ぎ、まるで傘を差すように詩乃の頭の上を覆う。

「いったい何を！」

慌てて腕を押すが、遥斗が頑として動かない。それどころか、詩乃により一層身を寄せた。

「俺が気にするべき女性は鈴森さんではなく、詩乃なのに……。大丈夫か？　寒くない？」

「鈴森さまではなく、わたしのことが気になると？」

詩乃は信じられないとばかりに、遥斗と目を合わせる。けれど彼の瞳には、詩乃を想う熱情のみならず、気遣う感情も宿っていた。

それを見ているだけで、詩乃は無性に泣きたくなる。遥斗への想いが膨らんでいくのを止められない。

「もちろん。鈴森さんに限らず、今の俺が一番心に留めている相手は詩乃しかいない」

「わたし……？」

「ああ、君だけだ」

遥斗が断言し、情に満ちた笑みを零《こぼ》した瞬間、詩乃は歓喜に包み込まれた。

いつの間にこんなに好きになっていたのだろう。

何が詩乃の心に火を点《つ》けたのか、理由は今も説明できない。ただ、詩乃の心は〝いつまでも遥斗さんの目に映っていたい、傍を離れたくない！〟と身を焦《こ》がすほど叫んでいる。

遥斗に告白しても成就《じょうじゅ》しないとわかっている。彼が〝フィアンセ候補に名を連《つら》ねた女性とは、誰とも付き合わない〟と告げた言葉は覚えているが、今はそんなことは考えたくない。

心にあるのは、目の前にいる彼がほしくてたまらないという想いのみだ。

愛だけを胸に遥斗を見つめ続けていると、頬を緩《ゆる》めていた彼の顔が次第に真面目なものに変化していく。

詩乃を雨から守ったまま、少しずつ上体を傾けた。

「ようやく心が決まったんだな」

「わたし……」

詩乃がか細い声を絞り出すと、遥斗がさらに顔を寄せる。

「一つだけ聞かせてくれ。……俺が好きか？」

「好き……」

自分の想いを隠さず、初めて素直に想いを告げた。

「ああ、詩乃！　その言葉をどれほど聞きたかったか」

遥斗の感情的な言葉に身を震わせて、詩乃は顎《あご》を上げる。

「こんなに嬉しいことはない」

遥斗の吐息で唇をなぶられると、詩乃は自《みずか》ら先を求めて軽く背伸びをし、唇を開く。

しかし、二人の唇が触れる寸前で遥斗が動きを止めた。

「戻ろう」

遥斗がホテルへ誘導し始めた。

残念な気持ちにならなかったと言えば嘘になる。でも今は、詩乃を雨から守ってくれる優しさを感じられるだけで充分だ。

「足元、気を付けて」

「……うん」

詩乃は遥斗に気遣われながら、小走りでホテルのエントランスへ向かった。

屋根のあるロータリーに入ると、遥斗が上着を払って雨粒を振り落とした。詩乃もブラウスやスカートをハンカチで払う。

遥斗の上着で防げたとはいえ、雨が浸み込んだ部分から体温を奪われる。思わず身震いした時、遥斗が詩乃の髪についた水滴をハンカチで拭《ぬぐ》ってくれた。

「岩井は？」

「フロントで待っています」

「フロント、か……」

そう言って、遥斗は自動ドアを見つめる。詩乃の手を握って歩き出したため、建物に入ると思いきや、何故かその前を通り過ぎた。

「遥斗さん？」

詩乃は声をかけるが遥斗は答えず、ロータリーの端に停めてあるワンボックスカーへ向かう。

箱根に来る際に乗ってきた、遥斗の車だ。

遥斗はそこに立っていたドアマンに鍵をもらうと、詩乃を後部座席に座らせた。続いて運転席に回り、ワイヤレスイヤホンを耳に装着してスマートフォンを手に取る。

「あの……」

詩乃はもう一度訊ねようとするが、遥斗はそれを遮《さえぎ》るように車を発進させた。

このままホテルの敷地を出るのではなく、遥斗は数寄屋門《すきやもん》の前を通り過ぎ、新館や別館方向とは真反対にある森林の方へハンドルを切った。

いったいどこへ行こうというのだろうか。

確か、遥斗は仕事があると鈴森たちに告げた。それならば、必ず岩井を呼ぶはずなのに、置いて行くなんておかしい。

「遥斗——」

詩乃が遥斗に声をかけた直後、彼が急に「岩井か？」と話し出した。

「今、詩乃と一緒にいる。彼女にホテル内を案内してくる。伊沢料理長たちとの会食までに戻るが、その間に岩井は、俺たちが泊まった部屋のチェックアウトの手続きをしてほしい」

遥斗が指先でワイヤレスイヤホンを押さえて一瞬黙るも、すぐににやりと唇の端を上げた。

「大丈夫。不要な連絡は入れないから。……ありがとう。その後は自由にしてくれて構わない。何かあれば連絡を。……では、その時間に新館のロビーで落ち合おう。じゃ」

話し終えると、遥斗はワイヤレスイヤホンを外して、センターコンソールに置いた。

これから説明してくれると思って待つも、遥斗は何も言わない。運転に集中して、細い道をどんどん進む。

どこへ向かうのかわからない緊張から、ワイパーの動きと協奏するように、詩乃の心臓が早鐘を打ち始めた。

詩乃の目に入るのは、青々とした森林とハイキングコースの塗装された道のみ。雨も降っているせいか、外を歩く宿泊客の姿は皆無だった。

やがて、小さな空き地で車が停まった。

詩乃は不安を覚えつつ周囲をきょろきょろ見回すも、そこには何もない。景色がいいというわけでもなければ、花が咲き乱れた花壇などがあるわけでもなかった。

「どうしてこんな場所に？　このあと、仕事があるんですよね？　ここに車を停める理由がわからないんですけれど」

矢継《やつ》ぎ早《ばや》に問いかけるが、遥斗は一切答えずに外へ出る。詩乃も続こうとしたが、そうする前に彼が後部座席のドアを開けて車内に戻ってきた。

詩乃が口を開く前に、遥斗がシートに手を突いて距離を縮めてくる。

遥斗の振る舞いにあたふたして、詩乃は後方に下がろうとした。しかし、そうするよりも早く彼が動き、覆いかぶさるようにして詩乃に口づけた。

「……っんぅ！」

一瞬にして、詩乃の身体は沸騰したみたいに熱くなる。しかも糖度の高い果物を貪《むさぼ》るかのような動きに、快《こころよ》い疼《うず》きが体内を走り抜けた。

「あっ、は……ぁ」

狭い空間に充満していく、遥斗の息遣い、衣擦《きぬず》れの音、そして詩乃の甘い喘《あえ》ぎ。

濃厚な空気に包まれるにつれて、詩乃の四肢から力が抜けていった。

「早く詩乃と二人きりになりたかった」

詩乃の下唇を優しく噛み、色気たっぷりの吐息を零《こぼ》す。

遥斗の感情の籠《こ》もった声に、詩乃はいつの間にか閉じていた目を開けた。

「二人きりに？　でも仕事があるんでしょう？」

「もう終わった」

「そんなはずは……。だって鈴森さんたちには、そう説明して――」

途端、遥斗が詩乃の唇に指で触れ、言葉を遮《さえぎ》った。

「嘘も方便さ。それに今朝のスケジュール確認で、仕事は午前中で終わるのを知っていただろう？」

確かにそのとおりだ。遥斗は朝会も兼ねた朝食の場で、仕事は午前までで、午後は伊沢料理長との会食のみと話していた。

それならば、どうして車を用意させていたのか。

詩乃は遥斗の手を取り、膝の上に退ける。

「ですが、ロータリーに車を用意させていました。急な予定でどこかへ行くのでは？」

「そのとおり。こうして詩乃を連れ出すために、事前に頼んでいたんだ」

「えっ？」

声を上げる詩乃の手を、遥斗が握り締めた。

「伊沢料理長たちとの会食まで時間がある。その空き時間を使って、ホテルの敷地内で遊ばせている土地を見て回るつもりだったんだ。詩乃だけを連れて……」

「わたしだけを？」

「俺を意識させるためなんだから、当然だろう？　今朝、詩乃が逃げても追うと言ったのを忘れたのか？」

呆れ気味に言うも、その声音は優しく、瞳は穏やかだ。

遥斗をどう思っているのかと問われた時、詩乃は偽《いつわ》らずに〝好き〟と告白したからに違いない。

素直な気持ちを先に告げていいて本当に良かった——と胸を撫で下ろし、遥斗をそっと仰《あお》ぐ。

「いいえ。でもまさか、こんなところに来るなんて」

「待てなかったんだ。それに、ここなら誰かに邪魔される心配はない」

遥斗が自分の鼻で詩乃の鼻を軽く擦《こす》り、口元をほころばせる。

「詩乃、俺のものになってくれ」

「わたしという女性がどんな人間か知らないのに、それでも愛してくれるんですか？」

「詩乃が誰であっても関係ない。俺が愛する女性は、君だけだ」

遥斗の一途《いちず》な想いに心が歓喜に包み込まれながら、詩乃はそっと目線を上げる。彼は双眸《そうぼう》に愛情を宿らせ、詩乃のどんな表情も見逃さないとばかりに見つめていた。

「大切にしたい。俺の全てを知ってほしいと願うほど、君に心を奪われてる」

「わたしだって……わたしだって遥斗さんしか見えない」

感極まって感情を吐露すると、遥斗が嬉しそうに詩乃の後頭部に手を回した。

たったそれだけで、心臓が早鐘を打つ。

「ああ、君が愛おしい」

遥斗が座席に膝を突いて前屈みになると、かすかに顔を傾け、詩乃との距離を縮めてきた。

唇の温もりが伝わるほどの距離でまじり合う、二人の吐息。

触れそうなのに、あえて触れ合わせない遥斗の行為にだんだん焦《じ》れったさを覚える。

詩乃はとうとう続きを求めて自《みずか》ら顎《あご》を上げた。遥斗はそれを待っていたかのように、優しく口づけた。

「んふっ……、は……ぁ、んっぅ……」

遥斗がそこを甘噛みしては吸い、舌で舐める。詩乃の身体は一瞬で燃え上がった。乳房もずしりと重くなり、頂《いただき》が痛くなる。

昨夜、遥斗に愛されたのを身体が覚えているのみならず、詩乃自身が遥斗への想いを自覚したことで、心も激しく求めているのだ。

でも、これだけでは物足りない。詩乃はさらに顔を傾けて、遥斗との繋《つな》がりを深く求めた。

突然の行動に驚愕したのか、遥斗が息を呑んだのが触れた唇から伝わる。しかし彼は退かず、詩乃の唇に舌先で触れてきた。

詩乃は本能の赴《おもむ》くまま遥斗を迎え入れた。

「んんっ、ふ……ぁ、んく……っ」

口腔《こうこう》で蠢《うごめ》く、遥斗の舌。

詩乃を翻弄《ほんろう》させるほど巧みな求めに、意識が自然とそこに向く。

遥斗は硬くした舌で口蓋《こうがい》をねぶったかと思ったら、次は詩乃のものに絡めた。唾液があふれそうになっているのに、もっと、もっと、もっとと願ってしまう。

物足りなさを埋めたくて手を伸ばそうとするも、遥斗が口づけを終わらせてしまった。

「あっ、イヤ。止めないで」

声をかすれさせながら、詩乃は懇願する。しかし遥斗は無視し、何かのスイッチに触れた。

途端、後部座席のシートが倒れて広々とした空間になる。

「ここで止めるはずない。君がほしいんだ。これからだよ、詩乃」

遥斗は詩乃を見つめながら上着を脱ぎ、ネクタイも解いた。シャツのボタンをいくつか外し、裾をズボンの中から引き抜く。

ただ服を脱いでいるだけだのに、目が釘付けになる。ちょっとした動きでも魅了されていると、遥斗が不意に上体を屈《かが》めてきた。

詩乃のブラウスのボウタイを、これ見よがしに少しずつ引っ張っていく。しゅるしゅると音を立てて、黒いリボンが解かれた。

柔らかな乳房が上下するたびに、何度も遥斗の手に擦《こす》れる。その誘うような動きに羞恥《しゅうち》に見舞われた。しかし彼の方から手の甲で愛撫されると、徐々に興奮が高まり恥じらいは薄れていく。

「ツン……」

声を詰まらせると、遥斗の目線がついと胸元に落ちた。

いつの間にかブラウスのボタンを外され、レースのブラジャーで覆われた乳房が覗《のぞ》く。遥斗はフロントホックを簡単に片手で操《あやつ》り、そこを露《あら》わにさせた。

たわわな乳房が揺れて、遥斗の前に晒《さら》される。彼はそれを包み込み、揉んでは充血した乳首を指の腹で執拗《しつよう》に弄《いじ》り始めた。

「ぁ……んっ」

蓄積された熱がじわじわと膨張していき、心拍数も上がっていく。

「肌襦袢姿《はだじゅばんすがた》にも目を奪われたが、こうして衣服を乱している姿も艶《なま》めかしい。自分がどれほど綺麗なのか、わかってるのか？」

「綺麗だなんて思ったことない。でも、遥斗さんの心がわたしに向けられ……っぁん！」

遥斗が乳房に触れていた手を移動させ、ブラウスを肩から滑らせた。

「あ……ンっ、や……ぁ」

「わからないだろうな。詩乃と出会ってから、俺がどれほど心を乱され、囚われていったのか」

遥斗が軽く口づけをしたのち、顎《あご》、首筋、鎖骨、そして膨らみへと唇を這わせる。

「……っぁ」

ビクンと身体が跳ねると、硬くなった尖りを口腔《こうこう》に含んだ。舌で舐め、硬くした先端でくすぐる。ぬるっとした舌が蠢《うごめ》くにつれて、詩乃の上肢の力が抜けていった。

「やぁ……っ」

遥斗が詩乃の心を掻き乱すようにスカートを捲《まく》り上げても、内腿に生地が擦《こす》れて下半身が震えても、されるがまま身を任せる。

少しずつ頭の位置を腹部へと移動させた遥斗は、パンティに指を引っ掛けて手際よく下げていった。

「ん……っ、はぁ……」

粘り気を帯びた秘所に空気が触れて、いつも以上にひんやりとした感覚に襲われる。

意識すればするほどぴくぴくし、愛蜜が滴《したた》ってきた。内腿を擦り合わせてそこを隠したい思いに駆られた時、遥斗に脚を持ち上げられて膝を立たせられる。

秘められた淫襞がぱっくり割れて無防備になると、遥斗が濡れそぼったそこに口づけた。

遥斗の舌が割れ目に沿って優しく動く。しかしすぐに淫唇を割り、敏感な反応を示す蜜口の周囲を突《つつ》いてきた。

「あっ、あっ……遥斗さ……んっ！」

予想を超えるほどの甘い激流に身体を攫《さら》われそうになる。

ああ、こんなの初めて！

詩乃はスカートを握り締めて刺激に耐えようとするが、それを凌駕《りょうが》するほどの熱に包み込まれて為《な》す術《すべ》がない。

「ンっ……んふぁ、ダメ……っ」

いやらしく舌を蠢《うごめ》かされて、詩乃の喘《あえ》ぎが大きくなる。恥ずかしさのあまり、手の甲で口元を押さえるが、これまでに発したことのない甘く誘う声が鼻を抜けた。

ビリッとした甘美な電流が幾度《いくど》も尾てい骨から背筋へと駆け抜け、下腹部の深奥の疼《うず》きが増していく。

次第に腰の力が抜けてくると、遥斗が秘められた部分を優しく舐めて、顔を離した。

「はぁ……」

情熱的な吐息を零《こぼ》すも、それで終わったわけではなかった。

遥斗は詩乃を見つめながら黒い茂みを掻き分け、あふれ出た蜜を指に絡めては、媚襞を弄《いじ》る。そして腫《は》れた花蕾を定めて、指の腹で小刻みの振動を送ってきた。

「んぁ、あ……っ、んんっ、んぁ！」

「もっと乱れてくれ。昨夜の詩乃も可愛かったが、今はもっと目を惹き付けられる。こんなに誰かを愛おしく思ったことはない」

「遥斗さん……」

名を呼ぶと、遥斗が花弁を左右に押し開き、媚口に指を挿入した。かすかに疼痛《とうつう》と圧迫感があるものの、スムーズに奥まで進む。

それだけで下肢が蕩《とろ》けてしまう。昨夜愛された感覚が、しっかり身体に残っているのだ。

遥斗の昂《たかぶ》りを受け入れ、一緒に歓喜を迎えたのを……

「んっ、んっ……」

遥斗は蜜孔を広げるように指の抽送を繰り返し、執拗《しつよう》に緩急《かんきゅう》をつけて蜜壁を擦り上げる。

「だ、ダメ……、んふぁ、あ……っ、んんぅ」

指で奥を攻められるたびに愛液が生まれ、じゅぷじゅぷと淫靡《いんび》な粘液音が響く。体内で小さなうねりが渦巻き、詩乃を高みへ引き上げようとしてきた。

その時、遥斗が花芽を擦《こす》った。

直後、小さな火花が瞼《まぶた》の裏で弾け、快《こころよ》い潮流が一気に身体中を駆け抜けていく。

「んくっ！」

詩乃の身体が硬直し、ふわっと浮き上がる心地いい波に攫《さら》われた。しかし、それはほんの一瞬で、すぐに消えてなくなる。

詩乃は息を弾ませながらぐったりとシートの背に凭《もた》れて、全身の力を抜いた。

「早かったな」

遥斗にからかわれて、詩乃はそっと目を開けた。

「……バカ」

睨《にら》むも、自然と詩乃に頬が緩《ゆる》んでいく。遥斗も楽しそうに近付いてきた。

「詩乃が望む愛し方をしよう。どれがいいか決めてくれ」

「愛し方？　わたしが望むって？」

小声で訊ねる詩乃に、遥斗がさらに顔を寄せる。

「詩乃は、どういう風に愛されたい？　対面座位、背面座位、あと背面立位……ああ、車内だから完全に立たせはしないが」

遥斗の言葉で、次々にいろいろな体位が頭を巡って顔が火照《ほて》ってきた。

それほどセックスに精通しているわけではないが、遥斗が口にした体位ぐらいならわかる。

ただ正常位しか経験のない詩乃にとっては、どれもこれも、恥ずかし過ぎる！

「し、知らない！」

軽く達した身体が、遥斗を迎え入れたいと痙攣《けいれん》し始めるも、それを無視してぷいと顔を背《そむ》ける。

でも顎《あご》を掴《つか》まれて、彼を見るように導《みちび》かれた。

「どれがいい？　詩乃が一番感じる方法で愛そう」

「本当に知らないってば……」

声がかすれるが、詩乃は遥斗を上目遣いで訴える。

最初こそ遥斗は頬を緩《ゆる》めて楽しげに笑っていたが、徐々に笑みを消した。信じられないとばかりに目を見開き、詩乃を覗《のぞ》き込む。

「まさか、本当に？」

衝撃を受けたその表情は、何を意味しているのだろうか。

性経験の少なさを好む男性もいれば、それを嫌う男性もいる。遥斗のこれまでの行為を振り返ると、後者ではないとわかりつつも、詩乃は不安に押し潰されそうになってきた。

しかし、詩乃は何度も息を吸い、気持ちを鎮めてから口を開いた。

「わたしにはあまり経験が……ないって、一度抱いて知っているはずでしょう？」

経験豊富な遥斗に隠せるはずもないため、詩乃が正直に伝えると、遥斗がかすかに首を横に振った。

「気にする余裕がなかった。昨夜は、詩乃を抱けるだけで幸せだったんだ。それに、甘えてくれる詩乃が可愛くて……」

途端、遥斗の双眸《そうぼう》がぎらつく。

「なあ、詩乃……今はめちゃくちゃに抱きたい。俺の想いを君に教え込みたい」

まるで獲物を仕留めようとする獰猛《どうもう》な猛禽類《もうきんるい》のようだ。

獲物とは、詩乃に他ならない。そして詩乃自身、遥斗にめちゃくちゃにされたいという欲求があった。

詩乃は手を上げ、遥斗の頬を包み込む。

「遥斗さんの全てをわたしにちょうだい」

「詩乃……」

遥斗が甘い吐息に似た声を漏らすと、詩乃の身体を引き上げてシートの背に手を突くように促《うなが》した。

先ほどとは違って焦りを感じさせる遥斗を目の当《まあ》たりにして、詩乃の鼓動のリズムが速くなる。

「膝が痛くなったら、すぐに言ってくれ」

背後から顔を寄せた遥斗が、詩乃の耳元で囁《ささや》いた。

詩乃が肩越しに振り返ろうとしたまさにその時、濡れた媚唇に硬いものを押し付けられる。そして優しく触れながら、硬茎の切っ先で弄《いじ》ってきた。

遥斗を求めて、淫唇が勝手に戦慄《わなな》く。

「あぁ……」

堪《たま》らず声を上げてよがる。

遥斗はそんな詩乃の腰に触れ、膨らんだ先端を捩《ねじ》り込んでいった。ぬめりのある狭い媚孔を限界にまで広げながら、奥へと突き進む。

「あ……ぁ、……んく」

猛々《たけだけ》しい遥斗自身から伝わる熱に、詩乃は身を反らした。

うっとりする疼痛《とうつう》に、無意識に彼のものをきつく締め上げてしまう。

しかし、遥斗はそれをものともしない。それどころか徐々にスピードを上げていき、激しく腰を動かした。

媚壁を擦《こす》られるたびに上半身が跳ね、乳房が揺れる。頂《いただき》はさらに硬くなり、摘まんでほしいと訴えていた。

「ン……っ、あ……っ、んぁ、や……んんっ」

詩乃がシートを強く掴《つか》み、荒々しく揺すられるのを堪《こら》えようとすると、遥斗が乳房を包み込んだ。律動しながら柔らかなそこを揉むが、どちらかといえば揺れるのを防ぐように軽く触れている。そのせいで、手のひらで乳首を転がされるかたちになった。

「ぁん、ぁ……ん、あ……っ、……っ！」

心地いい潮流に包み込まれ、とろりとした蜜液があふれる。ぐちゅぐちゅと淫猥《いんわい》な粘液音が響き渡った。

「詩乃……ああ、もっと乱れてくれ」

遥斗の言葉どおり、詩乃は身を焦《こ》がす快楽しか考えられなくなる。しかも総身を揺らされるたびに敏感な蜜壁を擦《こす》られ、身体が燃え上がるのを止められない。

「あっ、……いい……っ、んぁ……っ！」

鋭い疼《うず》きに貫かれて、淫声も抑えられなくなっていった。

辛抱できずに腰をくねらせて、間を取ろうとする。なのにそれを遮《さえぎ》るかのように、滑らかに刻まれるテンポが速くなる。体内で燃える火が大きくうねり、絶え間なく押し寄せてきた。

そこに引きずり込まれないために踏ん張るも、脆《もろ》い砂堤が崩れるかの如《ごと》く、簡単に甘美な波に攫《さら》われてしまう。

「つんぁ、あっ、あ……んぅ」

詩乃の声にまじり、遥斗の息遣いが速くなる。

そこから、遥斗もまた限界に近いのが伝わってきた。

ああ、もうダメ……！

詩乃が瞼《まぶた》をぎゅっと閉じ、肩を窄《すぼ》めて身を縮こまらせると、遥斗が円を描くような腰つきに変えた。

これまでとはまた違う箇所を、遥斗がいやらしい動きでねちっこく攻める。悩ましい刺激に、詩乃は一層燃え上がった。

イヤイヤと頭を振るが、遥斗は激情に駆られたまま抽送を繰り返す。あまりにも快《こころよ》い蜜戯に、詩乃の目に涙が浮かんできた。

このままではイっちゃう!!

「ンっ、んぁ、イヤ……はぁん！」

すすり泣きに似た声で喘《あえ》ぐと、遥斗が詩乃の耳元に顔を近づけた。

「詩乃、愛してる」

愛を告げ、耳朶《じだ》を優しく噛んだ。

瞬間、酔いしれていた狂熱が弾け飛んだ。

「っんんぁぁ！」

詩乃を襲う奔流が身体を駆け巡り、脳天へと突き抜ける。眩《まばゆ》い光に包まれながら快感に身をゆだね、天高く飛翔した。

身体が硬直するほどの愉悦に感嘆の吐息が漏れると、遥斗が秘奥を穿《うが》った。

「はぁ、はぁ……」

精を迸《ほとばし》らせたとわかるぐらい身体を震わせた遥斗が、詩乃の肩に湿り気を帯びた息を零《こぼ》す。

しばらくして、遥斗が濡れそぼる蜜壷から自身を引き抜いた。

遥斗の支えがなくなり、詩乃の下肢が筋肉痛になったみたいにがくがくする。それだけ遥斗の愛を受け入れたという意味だ。

とてつもない幸せに、詩乃の頬が自然と緩《ゆる》む。

時間が許す限り恍惚感《こうこつかん》に浸《ひた》りたい気持ちもあったが、気怠《けだる》い手を動かして捲《まく》り上がったスカートを下ろし、ブラジャーのホックとブラウスのボタンを留める。

ボウタイを結んでいた時、遥斗が背後から詩乃を抱きしめ、耳朶《じだ》に口づけた。

「早くイかせ過ぎた？」

何度もちゅくっと音を立てる。

「……もう！」

こそばゆさに肩をすくめて、身体中で燻《くすぶ》る火を焚《た》き付ける遥斗の手を叩く。すると、彼が耳元でクスッと笑った。

「ああ、帰りたくないな。詩乃とどこかに籠《こも》りたい。旅行にでも行こうか」

「お気持ちだけ受け取っておきます」

「リゾートホテルへ行き、欲望のまま愛し合う。どうだ？」

太陽の下を遥斗と歩き、美味《おい》しいものを食べ、そして思う存分愛を伝え合う。そんな日が脳裏に浮かび、詩乃は感極まったような息を吐いた。

「いつの日か誘ってください」

「よし！　同じ時期に休暇を取ろう」

遥斗の申し出に心を躍らせていると、彼が詩乃の顎《あご》に触れてきた。肩越しに振り返るように促《うなが》されて、ゆっくりと首を動かす。

遥斗は唇を求めて顔を寄せてくる。

「あっ……」

軽く唇を開き、遥斗のそれを受け入れようとしたまさにその時だった。

詩乃の目の端で、鮮やかな赤い色をした何かが動いた。

えっ⁉

詩乃は遥斗のキスを交わしながらも、雨が降りしきる外に目を凝らす。でも、赤い色をしたものはどこにもない。

おかしい、瞼《まぶた》の裏に焼き付くほどの色なのに、どこにも見当たらないなんて……大きさからして傘？　それってつまり、誰かがいたという意味？

「詩乃？　どうした？」

「今、誰かがそこに……」

「こんなところに？」

遥斗が詩乃から手を離し、スモークフィルムが張られたリアガラスを見る。

「そっちじゃなくて、こっち」

隣の窓を目で示すと、遥斗はそちらを見回した。

「誰もいない」

「本当？　真っ赤な……傘？　が見えたんですけど」

「こんな雨の中、外を歩く人はいない。いるとしたら……俺たちみたいにこっそり楽しもうと思う者だけだ」

遥斗が気にするなとばかりに軽口を叩いて詩乃の頭にキスを落とし、安心させようとする。

言われたとおり、見間違いだと思えばいい。でも、何故か心が騒ぐのを止められない。

あの鮮やかな赤い色は、いったいなんだったのだろうか。

遥斗の腕の中に包まれるも、意識は瞼《まぶた》の裏に焼き付いた残像を追っていたのだった。

＊＊＊

詩乃との甘い時間を充分に過ごした遥斗は、彼女をホテルに連れ帰って新館に移動した。岩井を呼び寄せて、三人で遅めの昼食を取る。

皆、一番人気のクラブハウスサンドウィッチを頼んで舌鼓《したつづみ》を打っていたが、一番美味《おい》しそうに食べていたのは詩乃だった。

遥斗は恋人に見惚れながら、サンドウィッチと一緒に頼んだコーヒーを口に運ぶ。

「このクラブハウスサンドウィッチ、とても美味《おい》しいですね！　鶏のもも肉に絡まる甘辛いソースがなんとも言えない……。お肉もジューシーですし」

「隠し味に柚子《ゆず》の皮を取り入れたこの和風ソースが、人気の秘訣らしい。確か、ホテル内のショップにも置いているとか言ってたな」

「買って帰ります！」

「ああ」

遥斗の前でも物怖《ものお》じせずにサンドウィッチを頬張る詩乃を見ていると、自然と口元が緩《ゆる》んでしまう。

詩乃が傍にいてくれるだけで、これほど幸せな気分になれるとは……

「岩井さんも、食べてください」

「ありがとう」

岩井は詩乃に勧められて口をつけるが、すぐにお皿にサンドウィッチを戻す。居心地が悪いのか、今にも席を立ちたそうにしていた。

遥斗がこれまでと違って優しい態度を取るのを見れば、そうなっても不思議ではない。

今朝の朝会でも、岩井は遥斗の態度がおかしいと肌で感じていたようだった。

早いうちに、岩井にも俺たちの関係を話しておかないとな――そんなことを考えていた時、遥斗のスマートフォンに着信が入った。

相手は、ホテルの保安管理部だった。

実は小一時間前に、詩乃に車中で〝誰かがいた〟と言われた件が頭に引っ掛かっていた。

あの未開発地は、関係者以外立ち入り禁止区域。遥斗が事前に視察申請書を提出して他の社員の侵入を防いだため、誰もいるはずがない。

なのに、どうして人影を見たのか。

詩乃がラウンジへ向かう前に化粧室へ立ち寄った際、遥斗はその誰かの正体を見つけるべく、保安管理部に電話をかけていた。

「少し席を外す。岩井、あとは頼む」

「承知いたしました」

岩井は何も訊ねようとはせず、遥斗の意を酌《く》んで頷く。詩乃はというと、心配げに遥斗を見上げてきた。

「岩井の指示に従うんだ。いいな？」

遥斗は詩乃を安心させるように言って席を立つと、応答ボタンを押した。

「国安です」

『お疲れさまです。保安管理部の竹田《たけだ》です。ご連絡いただいた件のデータが見つかりました』

「今から伺います」

通話を切ると、遥斗は小走りで廊下を進み、保安管理部がある建物へ向かう。そこは、数日前にホテルへ来た折、木下に案内されて入ったところだ。

身分証を示してセキュリティを通り抜け、保安管理部のドアを叩く。

「失礼します。国安ですが、竹田さんは？」

女性社員に訊ねると、ちょうど奥に通じるドアが開いた。四十代ぐらいの男性社員が遥斗を見るなり近寄ってきた。

「もしかして、国安さんですか？」

遥斗が頷くと、男性社員はすぐさま自分が竹田だと名乗った。名刺交換をして挨拶《あいさつ》したのち、彼が奥のドアを示す。

そこはどこかのテレビ局かと見紛《みまが》うぐらい、いくつものモニターが壁に掛けられ、その下には細かなスイッチが並ぶミキシングが置かれていた。

「問題のカメラはこちらになります」

竹田が一つのモニターを指すと、森林へ続く遊歩道が映し出された。

雨が降っており、誰もいない。しばらくして、一台の黒いワンボックスカーが遊歩道の脇を通り抜けた。遥斗が運転していた車だ。

「このあとに、車は通りましたか？」

「チェックしたんですが、車は一台も通っておりません」

「通っていない？」

竹田が「はい」と答え、再び機械を操《あやつ》る。映像を早送りにすると、遥斗たちが乗った車は、来た道を戻るように走り去った。

つまり、遥斗たちが空き地へ行って戻ってくる間、誰もこの道を通っていないということだ。

「詩乃の見間違いか？」

遥斗が呟《つぶや》いた時、竹田がいきなり早送りを停止させた。

「ですが、ここをご覧ください」

竹田が再生させると、なんと赤い傘を差した女性の姿が映し出された。足取りは重いが、ふらつきつつも確かに歩いている。

それにしてもこの歩き方、どこかで見たような……？

「この女性はいったいどこから？　誰も通らなかったのに」

「実は、このカメラの手前に東屋《あずまや》があるんです。そこの駐車場で、女性が車を停めた映像が見つかりました。正規の遊歩道を通らず、スタッフが清掃で使う道を進みました。つまり――」

「このホテルに精通している女性ですね」

遥斗の問いに、竹田が頷く。

「この女性の顔を大きく引き伸ばしてもらっても？」

「はい……」

竹田は女性が顎《あご》を上げたところでストップさせ、映像を拡大する。

顔が大きく映し出された瞬間、遥斗は息を呑んだ。

画像は僅《わず》かに粗いが、この女性を知っている人物ならすぐにわかる。

「まさか、彼女が!?」

遥斗は呆然と女性の顔を見つめる。

どうして彼女は遥斗たちを追い、覗《のぞ》き見をする真似をしたのだろうか。理由を考えるが、まったく見当もつかない。

「……お手数をおかけして申し訳ございません。どうもありがとうございました」

「いえ、お役に立てて良かったです。ビデオを確認したというサインをいただけますか？」

言われるまま遥斗は電子サインを残し、保安管理部を去った。

これが何を意味するのか、きちんと整理しなければ——そう思いながら、遥斗は詩乃たちがいるラウンジへ歩き出したのだった。

第七章

出勤途中に見られる、花壇の紫陽花《あじさい》。その花の蕾《つぼみ》も、かなり大きくなってきた。もう少しすれば花開き、そして梅雨に入るだろう。

箱根から戻ってまだ二週間しか経っていないが、詩乃は季節の移り変わりを感じていた。

季節だけではない。自分の心の変化も……

帰京すると、遥斗は何度か詩乃をデートに誘ってくれた。忙しいので毎日というわけにはいかないが、一緒に夕食を楽しんだ。

今度は、着物のファッションショーにも連れて行ってくれるらしい。

ＫＵＮＩＹＡＳＵリゾートホテル〝蒼〟で箏《こと》を弾く袴姿《はかますがた》を見て、詩乃が着物にも興味があると考えたようだ。

実家の商売が呉服屋だから詳しいだけだけど——と思った瞬間、ほころんでいた口元が緩《ゆる》やかに強張《こわば》っていく。

実は、遥斗にはまだ詩乃の素性を話していなかった。彼が詩乃を受け入れてくれたのはあくまで大峯詩乃であって、フィアンセ候補の詩乃ではないからだ。

いつか必ず真実を打ち明けなければと思うが、それは今ではない。〝フィアンセ候補に名を連《つら》ねる女性とは誰とも付き合わない〃と宣言した彼に、どうして真実を言えるだろうか。

このことを知れば、詩乃を突き放す可能性がある。

それが一番怖かった。

ようやく二人の心が通い合い始めたのだから、今はそれを温めたい。真実を打ち明けるのは、それからでも遅くないはずだ。

詩乃は不安を胸の奥に押し込むように深呼吸をしてから、誰もいないアシスタント室を見回した。

現在、遥斗は岩井を伴い内部統制部の会議に出席中だ。その間、詩乃はデスクワークを担《にな》い、先方に打診したり、予定を打ち込んだりしている。

それもようやく終わりが見えてきた。

ほんの少しだけ休憩しようと、詩乃は両手を突き上げて伸びをし、凝った肩や首を回す。

その時、室内にノックする音が響いてドアが開いた。

「失礼します。荷物を届けに来ました」

大きなカートを引く学生アルバイトの男性が入り、デスクに荷物を置いていく。

今日はいつもより多く、デスクには封筒や小包の山ができる。

「振り分けが大変そう」

ボソッと呟《つぶや》くなり、男性がククッと笑った。

「頑張ってください。……以上になります。確認をお願いできますか？」

「あっ、はい。ごめんなさい！」

詩乃は荷物と個数を確認したのち、受領印代わりのＩＣチップを機械で読み取ってもらった。

「確かに……。ありがとうございました」

男性を送り出したあと、詩乃は黙々と荷物を仕分ける。

その手が途中でぴたりと止まった。

「遥斗さん宛てに、探偵事務所から親展？」

詩乃が小首を傾げながら、それを遥斗宛ての荷物の一番上に置こうとした時、アシスタント室のドアが開いた。

「戻った」

遥斗が現れ、すぐさま詩乃の姿を認める。目が合うと幸せそうに相好《そうごう》を崩すが、後ろから岩井が入ってくると表情を引き締めた。

「詩乃、これをまとめてくれ」

「は、はい！」

詩乃は笑顔でファイルを受け取ろうとする。しかし、遥斗が手を離さない。

不思議に思って顔を上げると、遥斗は詩乃が手にしていた彼宛ての封筒を複雑そうな面持《おもも》ちで見ていた。

「これですか？　たった今届いたものです」

詩乃は封筒を遥斗に差し出す。彼は受け取るも、しっかり見ようとはせずに手を下ろした。

遥斗の様子がおかしい。もしや、仕事でトラブルがあり、それに関するものが届いたのだろうか。

「ありがとう。……しばらく執務室には入らないでくれ」

詩乃は遥斗が心配になり、岩井に何かあったのか問うように目をやる。だが岩井はいつも通りの態度で首を縦に振る。

「わかりました」

詩乃も岩井に倣《なら》って返事をすると、遥斗は思い詰めるような表情のまま執務室に消えた。

「遥斗さん、大丈夫でしょうか」

「そう願おう。遥斗さんが指示を出すまで、僕たちは手助けできない」

岩井が淡々と告げる。詩乃はもやもやしながらも頷き、彼宛ての封書を渡して席に戻った。

仕事をしようとした矢先に、遥斗の執務室で何かが割れるような音が響いた。

詩乃は岩井と顔を見合わせすぐに、執務室のドアへ駆け寄った。

ドアノブに手を伸ばした刹那《せつな》、遥斗の笑い声が聞こえてきた。

楽しそうな声にビクッとなる。

これってどういう意味？　遥斗は怒ってる？　それとも喜んでいる？

部下としては呼ばれるまで放っておくべきかもしれないが、恋人としては傍に駆け寄りたい。

こういう場合はどうすればいいんですか？　声をかけても？　――と岩井に目で問うと、彼が頷いた。

詩乃はドアに向き直り、そこを叩く。

「遥斗さん？　大丈夫ですか？」

「ああ、問題ない！」

機嫌のいい声が響き、詩乃は岩井と一緒に胸を撫で下ろした。

「大丈夫みたいですね」

「そうだね。今の感じだといつもの遥斗さんだ。さあ、仕事に戻ろう」

岩井がデスクを指差したのを受け、詩乃も再び席に着いた。

遥斗のスケジュールは、三ヶ月先までほぼ埋まっている。東南アジアの旅行会社とのネット会議や、海外にあるＫＵＮＩＹＡＳＵリゾートホテルの視察予定も入っており、仕事とはいえ楽しそうなものもあった。

ただ、その時に詩乃はここにいるのか定かではないが……

不意に不安に駆られて、キーボードの手が止まる。

詩乃は嫌な思いを払拭《ふっしょく》するように瞼《まぶた》をぎゅっと閉じたのち、再び仕事に集中したのだった。


昼休みに入り、廊下の向こう側で社員が行き交う音が聞こえ始めた。

そろそろ気持ちの切り替えができてもいい頃合いなのに、先ほどの思いが胸の奥で渦を巻くせいで一向に浮上しない。

そんな詩乃と違って、何故か遥斗は上機嫌でアシスタント室を出ていった。

いつもなら嫌がる役員との会食も、この日に限っては軽やかな足取りで向かうとは……

詩乃が小さくため息を吐くのに合わせて、岩井が席を立つ。

「さあ、僕たちも昼食に行こうか」

「今日はどうぞ先に休憩なさってください。わたしは切りのいいところまでこの仕事をしたいので」

仕事に差し支えがなければ、詩乃たちは臨機応変に休憩を取るのを許されている。遥斗が会食から戻って来る前に休憩を終えれば問題はない。

「わかった。じゃ、先に行ってくる」

手を上げて出ていく岩井を送り出し、詩乃は再び仕事を始める。

十三時前に岩井が戻ってくると、彼と入れ替わりでアシスタント室をあとにした。

何か胃に入れなければと思うが、今日は不安に駆られることが多かったのもあってか、全然お腹が空いていない。

それでも何か食べないと――と考えながらエレベーターホールで立ち止まった時、詩乃の目にラウンジで行われている苺フェアの広告が入った。

そこには、生クリームをたっぷり使った美味《おい》しそうなケーキなどが載っている。

「甘いもの……、あっ、いいかも！」

身体や脳が疲れている時は、甘いものがいいと聞く。ついでに新作の味見ができれば、今週末に予定されている美容関係者との会合時に紹介できる。

事前に得た情報では、担当者が極度の甘党で、週末にはスイーツを食べ歩いているという話。ここでフェアのデザートを出せば、もしかしたら商談がいい方向へ進むかもしれない。

そう思った詩乃の行動は早かった。エレベーターに乗り込み、スカイラウンジへ向かう。

満席だったり行列ができたりしていたら、当然計画を変更するつもりだったが、ちょうどこの日は二割ほど空席ができている。そのため、詩乃は気にせずに空いたソファに腰掛けた。

ホイップクリーム、苺、ブルーベリーなどのスイーツが盛られたシフォンケーキと、ダージリンティーを注文する。

それがテーブルに置かれると、詩乃はフォークを掴《つか》んでケーキを頬張った。

「う〜ん、美味《おい》しい！」

自然と笑みが零《こぼ》れる。

ブルーベリーの甘酸っぱさとホイップクリームの甘さ、シフォン生地の舌触りなど、全てがマッチングしていて、次々に口に運んでしまう。

詩乃が頼んだのは、遥斗と鈴森に出したアフタヌーンティーより低価格のものだが、これでも充分満足できる。笑みを浮かべながらシフォンに生クリームをたっぷりつけ、それを口に放り込んだ。

その時、詩乃の前のソファに誰かが座った。そこにいる人物を確認するなり、頬張ったケーキが喉に詰まりそうになる。

「……ンッ！」

慌ててコップに入ったミネラルウォーターを流し込もうとする。しかし、なかなか食道を通っていかないせいで痛みが生じ、薄《うっす》ら目に涙が溜まった。

それでもなんとかして飲み込み、咳き込みながら顔を上げる。

「ゴホ、ゴホッ……。あ、あの……どうしてここに、ゴホッ……いらっしゃるんですか⁉」

「いろいろと思うところがあってね」

そう言って微笑む白髪頭の男性は、国安会長だった。

「ほら、慌てないで。ゆっくり水を飲みなさい。いつも私に言っていたのを忘れたのか？」

詩乃は促《うなが》されるまま、もう一度ミネラルウォーターを飲み、大きく息を吐いた。

「国安会長……」

「最初に言っておくが、詩乃を探しに来たわけじゃない。仕事で出たついでに息子たちと会おうと思ったら、ちょうど会合で席を外しているというじゃないか。それでラウンジで時間を潰していたら、詩乃が入ってきたんだよ」

国安会長が、窓際の席を目で指す。

そちらを確認すると、国安会長の傍で働く須田顧問がおり、詩乃と目が合うと軽く頭を下げた。

詩乃も彼に会釈《えしゃく》を返し、再び国安会長に意識を戻す。

「こっちでの暮らしはどうだ。遥斗を支えてくれているか？」

「上司の岩井さんに指導いただいて、誠意を尽くすようにしています」

「遥斗がどういう仕事をしているのか、それを学んでくれたら満足だ。私のもとへ戻ってきた際、詩乃の知識が役立つからね」

「……はい」

詩乃は国安会長の言葉に返事しながら、ゆっくりと視線をテーブルに落とす。

東京へ出る際、国安会長は遥斗に〝夏が終わる頃にはこちらに戻してもらう〟と言った。

その約束は、詩乃にとって待ち遠しいものだったのに……

膝に置いた手を強く握り締めた時、国安会長が急に小さく笑った。

「詩乃、私は確か君に〝結婚の意思のない孫をその気にさせること〟と伝えたはず。にもかかわらず、どうして遥斗はどの娘にも見向きもしない？　それどころか縁談を白紙にした？　私の指示を無視したのか？」

「いいえ！」

詩乃は慌てて否定した。

国安会長は表情を変えずに穏やかに話しているため、嫌みのようにチクリと言われても、それほど強く咎《とが》められている風には感じなかった。

でも表情が一変したら、どうなるか。とにかく説明だけはきちんとしておかなければ……

「わたしは鈴森さまや伊沢さまとお会いしました。彼女たちとの時間を作るように努力しましたが、実は早々に……わたしと会長の約束を見破られてしまって」

「そうだな。遥斗なら、容易に私の考えに気付く。それでも詩乃を孫の傍に送ったのは、君なら孫をその気にさせられると思ったからだ」

「申し訳ありません」

詩乃は頭を下げるが、国安会長がさらに楽しそうに微笑む。

どうして、言葉と感情が裏腹なのだろうか。

詩乃は国安会長をこっそり窺《うかが》おうとするが、すぐに悟られてしまう。彼が詩乃を叱りつけるように眉間に皺《しわ》を寄せたため、苦笑いしながら目線を落とした。

「まったく、詩乃は……。私が甘やかしたせいだな。それはそうと、鈴森さんと伊沢さんには会ったという話だが、もう一人の西條さんとは会っていないのか？」

突然放たれた自分の名前に、詩乃はあたふたと目を泳がせる。

しかし、国安会長に〝どうなのだ？〟と鋭い目で問われ、素早く頭を振った。

「わ、わたしがお会いしたのは、鈴森さまと伊沢さまのみです。もう一人の方はいらっしゃいませんでした」

「彼女の家にも、他の候補者たちの名前を教えたが、反応がなかった。つまり、西條家は遥斗のことなど眼中にないという意味か？」

なんと言えばいいのか。

西條家の娘は、最初こそ遥斗から逃げようとしていたが、今は彼の傍を離れられないほど恋しているると？　その娘こそ、詩乃だと……？

もし嘘を吐いて国安会長に近づいたと知られたら、解雇されてしまう。結果、遥斗と引き離されることになるに違いない。

その事実が脳裏を過《よぎ》り、詩乃の顔から血の気が引いていった。唇が震え、歯がガチガチとぶつかる。

「詩乃？　どうした？　……私は西條家の話をしただけで怒ってないぞ？　そんなに怖がらなくて

もいいのに」

　国安会長が優しく詩乃をなだめるが、不安でいっぱいになる。

　詩乃が身を縮こまらせていると、国安会長が小さく息を吐いた。

「とにかく、遥斗が正式に断ったのなら、もうどうにもならないな。詩乃を遥斗に預けておくのは夏が終わる頃まで……と考えていたが、彼女たちを見極める必要はなくなった。充分ホテルのことも学んだようだから、予定を繰り上げて詩乃を引き取ろう」

「えっ⁉」

　詩乃は声を上げ、国安会長を凝視した。そこに詩乃をからかう要素がないかと探るも、そういう色は一切ない。

　本気で詩乃を、別荘に連れて帰ろうと思っている。

「どうした？　もうここに詩乃を置いておく必要はないだろう？　それに詩乃は、早く私のもとに戻りたかったはずだ」

「そうでしたけれど、その、今は――」

「今はなんだ？　……もしや、遥斗の傍にいたいと？」

　片眉を上げて、詩乃に問いかける。

　詩乃は国安会長を真っすぐ見られず、視線を彷徨《さまよ》わせて口を噤《つぐ》んだ。

「では、これだけ聞かせてくれないか、詩乃」

「……はい」

恐る恐る面《おもて》を上げ、何を言われるのかと身構える。

「詩乃、どちらかを選んでほしい。仕事の引き継ぎを終え次第、私のところへ戻るか、それとも遥斗の傍で孫の支えになるか」

「わたしは――」

戸惑いつつも口を開いた時、テーブルに置いたスマートフォンが振動した。液晶画面には、遥斗の名が表示されている。

たったそれだけで詩乃の胸に喜びが満ちていった。

何を迷う必要があるのか。詩乃の気持ちは既に固まっているのに……

「わたしは、遥斗さんの傍に残ります」

詩乃は、はっきりと告げた。

国安会長から〝何故?〟と理由を訊かれた際の言い訳は、まだ考えていない。とはいえ、二者択一を迫られれば、答えは一つしかない。

この答えに、国安会長は不快に思うだろう。詩乃を連れ帰ろうとする彼に、異議を唱えたためだ。

詩乃は国安会長に問い詰められるのをびくびくして待つが、いつまで経っても彼は何も言わない。

それどころか、満足げに頷いていた。

国安会長の意思に背《そむ》く返事をしたのに、どうしてだろうか。

詩乃はまったく理解できなかった。

「国安会長？」

「そうか……。詩乃は私のもとに戻る気はないんだね。遥斗の傍について、まだ二ヶ月も経っていないのに」

「申し訳ございません」

詩乃が謝るが、それを遮《さえぎ》るように国安会長が立ち上がった。詩乃も続き、彼に近寄る。

「詩乃の出向の件は、ひとまず遥斗には何も告げずにいよう。期限はまだ先だからな。さあ、仕事に戻りなさい。遥斗からの連絡を無視してはいけない」

「はい……」

「ああ、そうだ。明日、会社へ寄らずにそのまま長野に戻る。東京駅へ見送りに来るよう、遥斗に伝えてくれるかな？　朝八時四十分発ぐらいの特急に乗る予定だ」

「承知いたしました。そのようにお伝えします」

詩乃がそう言い終える頃、須田顧問が国安会長の傍に立つ。

「休憩は終わりだ」

国安会長は誰に言うでもなくそう告げると、一度も振り返らずに須田顧問と一緒にラウンジを出ていった。

詩乃は国安会長の姿が見えなくなるまでその場で見送っていたが、再びテーブルに置いているスマートフォンが振動したので、慌てて手に取った。

「大峯です」

『詩乃？　今どこにいる？』

「ラウンジです。もう会食は終わったんですね。すみません、すぐに戻ります！」

詩乃は遥斗に説明しながら会計を済ませ、廊下に出た。

『慌てなくていい……。詩乃の姿が見えなかったから心配しただけだ』

詩乃を想う言葉に、自然と口元がほころぶ。

「心配されることは何も起こっていません」

『そうだな……。ああ、電話が入った』

「じゃ、切りますね。もうすぐそちらに着きますから」

そう言って電話を切った詩乃は、急いでエレベーターホールに向かった。

数分後にはアシスタント室に着き、ドアを開ける。

「戻ってきま――」

詩乃は帰社を告げようとした途端、口を閉じる。遥斗が電話中だったためだ。

「……そうなんだ。それで、今夜は時間を取れない」

遥斗は笑顔で返事をしているが、その表情がどこかいつもと違っている風に見える。気が張り詰めているのか、頬が心なしぴくぴくと痙攣《けいれん》していた。

詩乃が岩井の方へ静かに近寄ると、遥斗の意識が詩乃に向けられた。すぐさま目元が優しくなったが、彼をここまで身構えさせる相手はいったい誰なのか。

「どなたからですか？」

詩乃は岩井に顔を寄せ、こっそり訊ねた。

「……伊沢さまだ」

「総料理長？」

「いや、フィアンセ候補の麗子さん」

岩井の口から伊沢の名前が出ただけなのに、一瞬にして胸が苦しくなる。しかし詩乃は、嫉妬することと自体間違いだと自分に言い聞かせた。

親しいのは当たり前。遥斗と伊沢は、付き合いが長いのだから……

それにしても、相手が伊沢ならそこまで緊張するはずがないのに、いったいどうしたのだろう。

「ダメだ。……品川埠頭に行く予定は、変えられない」

遥斗が一瞬詩乃をちらっと見たあと、執務室に消えた。

麗子さんと秘密の会話をするために執務室へ？　それをわたしに訊かれたくないから？　――と顔を曇らせてしまうが、詩乃は嫉妬を吹き飛ばすように頭を振り、自分の席に座った。

明日のスケジュールに国安会長の見送りを入れ、口でも遥斗に伝える旨を忘れないように心に留めながら、午後の仕事に戻ったのだった。


――数時間後。

終業時刻を迎えるも夕方から始まった会議が長引き、終わった時には十八時を過ぎていた。

いつもならのんびりと帰宅準備をするが、この日はアシスタント室に戻ると、遥斗が「帰ろう」と岩井や詩乃を急《せ》き立てる。

「僕は片付けにもう少し時間がかかるので、お先にどうぞ」

「わかった。詩乃」

遥斗が目で廊下の外を示す。

実は今夜は、遥斗と夕食デートに出掛ける約束をしている。そのため彼に促《うなが》されても驚きはなかったが、こんな風に急《せ》かされるのは初めてだったのもあり、かなり戸惑った。

それでも、詩乃は素直に頷く。

「では、お先に失礼します」

岩井に挨拶《あいさつ》して、アシスタント室を出た。

詩乃たちは帰宅する社員たちと共にエレベーターに乗り込み、地下駐車場で降りる。

二人きりになると、遥斗が詩乃の手を握って走り出した。

「遥斗さん⁉」

突然の行動に目をぱちくりしながらも、引っ張られるままついていく。

遥斗が立ち止まったのは、車高の低いスポーツカーの前だった。彼はその車の助手席に詩乃を押し込むと、急いで運転席に回り込む。

「遥斗さん、そんなに急いでどうしたんですか？」

「時間に間に合わない」

「ひょっとして、どこかのお店に予約を入れてるとか？　わたしは普通のお店で大丈夫ですよ？」

「わかってる」

そう返事したあと、遥斗は運転席に乗り込み駐車場を出る。そのまま車の波に乗って、南西へ車を走らせた。

暗闇が迫る中、ほんのりと茜色《あかねいろ》に染まる西の空。

詩乃が見るともなしに眺めていると、再び遥斗が口を開いた。

「詩乃とならどこへ行っても楽しい。でも、それ以上に君を喜ばせたい思いがある。俺の気持ちも汲んでくれ」

遥斗から伝わる想いに、自然と心が躍る。

本当に特別なことなどしなくても幸せなのに……

しかし、こうやって詩乃を喜ばせようとする遥斗を見ると、胸がときめく。

「矛盾《むじゅん》してる……」

「うん？　何か言ったか？」

詩乃は遥斗の精悍《せいかん》な横顔をじっと見つめた。

「わたし、遥斗さんと一緒にいられるだけでとても幸せなんです。特別なことなんて何もしなくていいって。そう思ってるのに……大切にされるとやっぱり嬉しくて。ものすごく矛盾《むじゅん》してるなと思って」

「想いは表裏一体だ。詩乃と出会った当初、俺は〝なんてムカつく女だ〟と思った。反面、妙に惹き付けられて……別の意味で腹が立った」

遥斗の言葉に驚いて詩乃がまじまじと凝視していると、彼が温和な笑みを浮かべた。

「詩乃を誰にも渡したくないと……自分の気持ちに気付いた俺は、詩乃を宝物のように大事にしたいと思った。同時に、めちゃくちゃに抱いて俺の証《あか》しを身体中に焼き付けたくなった」

率直な物言いに、詩乃の身体がカーッと燃え上がっていく。でも、それこそが偽《いつわ》りのない、遥斗の本音なのだ。

「全て実行してくれましたね」

一心に向けられる独占愛に胸を震わせながら、詩乃はそっと囁《ささや》いた。

「伝わってる？　それなら良かった……」

「わたし、そうされるのが好きです。優しく抱き寄せられるのも、強く求められるのも」

こんな風に素直な気持ちを伝えたくなる日が訪れるとは、信じられない。遥斗が詩乃をそうさせるのだ。

赤信号で止まるや否や、遥斗がシフトレバーから手を離し、詩乃の手を握った。さらに上半身を傾けて詩乃にキスする。

突然のことに頬が火照《ほて》るも、愛しげについばまれた途端、何もかもどうでもよくなり、詩乃は甘い吐息を零《こぼ》した。

「それを聞いて安心した。何をしても許してくれるとわかったから」

「度合いにもよりますよ？　だって、痛めつけられるのは嫌ですし」

からかうように訴えると、遥斗が詩乃の唇の上で笑い、もう一度口づけて身を起こす。

「俺に痛めつけられた記憶があるんだ？　なんだろう？　……気持ちよくさせたはずなんだけど？」

信号が青になり、遥斗は上機嫌で運転を再開する。

詩乃はそんな遥斗を見つめていたが、クスッと笑い、正面に向き直った。

「遥斗さんとこんな話をする間柄になるなんて、不思議ですよね……。覚えてますか？　初めて会ったあの日、遥斗さんに〝俺の我慢が利かなくなって君を襲う前に、早く寝ろ〟って脅《おど》されたんですよ」

「それでも、俺を好きになってくれたわけだ」

「正直、関わり合いになりたくありませんでした。なのに、いつの間にかもっと知りたいと思ってしまって」

「これからも、もっと、もっと……俺を知ってほしい」

遥斗の声が感情的にかすれる。

詩乃がその声音に引き寄せられて遥斗を見ると、先ほど浮かべていた笑みはもうなかった。彼は真剣な顔つきで、詩乃を見つめている。

そこから伝わるひたむきさに胸を打たれながら、詩乃は頷いた。

「遥斗さんも、わたしを知ってくださいね」

愛を深めたくてそう言ったものの、詩乃の胸にぎゅっと締め付けるような痛みが走った。堪《たま》らず手でそこを押さえて、顔を歪める。

わたしを知ってください——それはつまり、遥斗に打ち明けるという意味だ。どこの生まれで、どこで育ち、どういう家族に囲まれて箏《こと》を習っていたのか。そして、詩乃がフィアンセ候補の三番手である事実もだ。

二人の関係がどうなるかわからないが、いずれ詩乃の素性を話さなければならないと思っている。でも、今はまだ無理だ。

詩乃は息を引《ひ》き攣《つ》らせて、さっと顔を正面に向けた。

「詩乃？　どうかしたか？」

「なんでもありません」

運転中の遥斗がちらっとこちらを見たのに気付き、詩乃は笑顔を作って答えた。

これで誤魔化せたらと思ったが、詩乃を気にしているのが肌で伝わってくる。ただ、遥斗はそれ以上追及しようとはせず、車を埠頭の方角と走らせる。

「品川埠頭？」

そう呟《つぶや》いた直後、遥斗がある建物に隣接する駐車場に停めた。

「早く行かないと乗り遅れる」

車内のデジタル時計に目をやった遥斗は、詩乃と自分のシートベルトを外す。詩乃が彼の慌てぶりを気にしつつ、時計を確認すると、十八時五十分を過ぎたところだった。

「詩乃、行こう！」

「う、うん」

車外へ出る遥斗を追ってドアを開けると、既に彼が詩乃を待っていた。詩乃に手を差し出したので、そこに手を載せて腰を上げる。

途端、遥斗は走り出した。

「あっ！」

ハイヒールで走るのは大変だが、なんとか付いていく。

詩乃の頬をなぶる潮風、鼻を突く香りが強くなってきた時、詩乃の視界に大きなクルーズ船が飛び込んできた。

まだ空は薄暗いが、それでも電飾が灯った船に目を奪われる。

そのクルーズ船の入り口にはスタッフがいるが、彼らの他には人の影がない。でもデッキにはお互いに寄り添うカップルがいた。

もしかして、これからクルーズ船に乗り込もうと!?

「すみません」

遥斗は息を荒らげながら上着の内ポケットからチケットを取り出し、三十代ほどの男性スタッフに渡した。

「間に合って良かったですね。あと数分で締め切るところでした」

「肝を冷やしましたよ」

遥斗が苦笑いしながら半券を受け取る。そんな彼らのやり取りを見て、詩乃は想像したとおりだとわかった。

「船内のスタッフに半券をお見せください。お席にご案内いたします」

男性スタッフに頷いた遥斗は、詩乃の背に手を添えて船内へ導《みちび》いた。

スロープを上がるにつれて遠くから聞こえてくる、クラシック音楽。弦楽器の音色に合わせて、自然と身体が拍子を刻む。

「素敵な音色……」

「箏《こと》も、弦楽器の一つだな」

「はい」

笑顔の詩乃に、遥斗が船内の広間を指した。

そこに入るなり、詩乃も知る〝パッヘルベルのカノン〟が響き渡った。

広間にはテーブルがいくつもあり、真ん中には蝋燭《ろうそく》に見立てたＬＥＤランプの灯りがゆらゆらと揺らめいている。

それらの席にはカップルや夫婦らしき人たちが座り、タキシードを着た男性たちが奏でる弦楽四重奏に聞き入っていた。

第一バイオリン、第二バイオリン、ビオラ、チェロの奏者たちは、夢見るような表情で弾いている。

「こちらへどうぞ」

遥斗が持つ半券見たスタッフが、窓際の席に案内する。その時、船の汽笛が鳴り響き、静かに動き出した。

窓から外を眺めると、埠頭の景色が少しずつ変化していく。

どこに向かうのかと思いながら、詩乃は椅子に腰掛けた。

「クルーズ船ですよね？　どこを回るんですか？」

詩乃の問いに、遥斗はテーブルに置かれていたパンフレットを広げた。

「今回選んだのは、東京ゲートブリッジを回るクルーズディナーだ。大井埠頭を横目に進み、東京ゲートブリッジへ進む。来た道を戻り、湾内を回る」

双六《すごろく》のように、スタート地点からゴール地点へと指を滑らせる。東京湾の要所を巡る、充実したクルーズだ。

「二時間ぐらいのクルーズですか？」

「ああ。食事に一時間、甲板《かんぱん》で一時間……だな」

素敵な夜になりそうな雰囲気にワクワクしてきた。

やがてウェイターが広間に現れ、それぞれのテーブルにお皿を置いた。

その間に、メニュー表を広げる。

前菜の帆立貝のスモークとアワビを添えたホワイトアスパラのサラダ仕立てから始まり、フカヒレ入り洋風茶碗蒸し、オマール海老と白身魚のブイヤベース、活オマール海老のグリルと鮮魚のポワレ、黒毛和牛フィレ肉の香草パン粉焼き、そしてパッションフルーツのムースにパイナップルとチョコレートのアイス添えのデザートが出されるようだ。

飲み物は炭酸水と白ワインと赤ワイン、食後にコーヒーも付く。

見ているだけで、口腔《こうこう》に生唾が込み上げてくる。

「とても美味《おい》しそう！　……フランス料理ですよね？」

詩乃が訊ねると、遥斗が心持ち身を乗り出した。

「伊沢料理長を覚えている？」

「もちろんです」

前触れもなく伊沢の名前が出たため、自然と顔を曇らせてしまう。

しかし、遥斗は詩乃の変化には気付かず、丁寧に説明し始めた。

「伊沢料理長の親友に、フランス料理のシェフがいるんだ。その人の愛弟子《まなでし》が、ここの料理長をしているから、機会があれば是非食べてほしいと勧められてね。それで、詩乃と味わいたいと思ったんだ」

「わたしと一緒に……」

最初こそ胸の奥がもやもやしたが、遥斗が詩乃と食事をしたいと思ってくれた事実に、ほんの少しだけ安堵感が広がる。

「ありがとうございます。誘ってくれて、本当に嬉しいです」

「詩乃と来られて、俺も最高に幸せだ」

遥斗が目元を和《なご》ませた。

その時、ウェイターがテーブルの横で立ち止まった。二人のグラスに炭酸水と白ワインを注ぐと、新たに現れたウェイターがお皿を置いてテーブルを離れる。

しばらくして、広間の照明が徐々に絞られ、四重奏の生演奏が始まった。先ほどのカノンではなく、柔らかな音色を楽しむようなゆったりした曲調だ。

遥斗がグラスを掲げると、詩乃も彼に倣《なら》ってグラスを持ち上げた。

「今夜は楽しもう。乾杯」

「乾杯」

詩乃はグラスを傾け、舌先を濡らす程度に白ワインを口に含んだ。

甘くもなく辛くもなく、でもキリッとしたさっぱり感が口腔《こうこう》に広がってとても飲みやすい。ぐいぐい飲んでしまいそうなほど、後味が良かった。

「美味《おい》しい？　口に合う？」

「はい！」

一口も飲まずに詩乃を窺《うかが》っていた遥斗に頷き、彼にも飲むように促《うなが》す。

詩乃も一緒にグラスを傾けようするも、あることを思い出してテーブルに置いた。

「どうした？」

遥斗が口を付けようとしていたグラスを下げる。

「えっ？　あっ……美味《おい》しいんですけど、アルコールに弱いので一口で止めておかないと……。酔っぱらって、またとんでもない失態を演じてしまうから」

「とんでもない失態？」

目を眇《すが》めて軽く首を捻《ひね》る遥斗に、詩乃は苦笑しながら頷いた。

「覚えてますか？　あの日……わたしが箏《こと》を弾いた時のことを。舞台へ出る前に喉を潤《うるお》すはずが、間違って日本酒を一気に呷《あお》ってしまったんです。飲めないわけではないけど、本当にアルコールに弱くて……。このあとの夜景も楽しみたいので、味見程度にしておきます」

「じゃ、他の飲み物を頼もう」

遥斗がウェイターに合図を送ろうとするのを見て、詩乃は彼を手で制した。

「炭酸水で大丈夫です。それより、お料理を楽しみましょう」

詩乃は遥斗を促《うなが》し、前菜のホワイトアスパラやアワビのサラダを口に運んだ。

食事をしながらの会話は楽しく、メイン料理へと進んでも、話題は尽きない。

お互いの趣味に留まらず、これからの夢などについても素直に口にした。

詩乃は箏《こと》を趣味で終わらせたくないと話し、遥斗はいつの日か自然に囲まれた場所に家を建て、大切な人たちと過ごしたいと告げた。

二人は過去ではなく、未来を見つめて話している。

心を和《なご》ませる素敵な生演奏、美味《おい》しい料理、そして愛する人とのおしゃべり。

その全てに、心が満たされていった。

最後のデザートもぺろりと食べ終え、コーヒーを飲んでいると、他の客たちが席を立ち始める。

「俺たちも外へ行こうか」

詩乃は頷き、遥斗が差し伸べた手に手を重ねる。そして、並んで階段を上がってデッキに出た。

すっかり闇に閉ざされた東京湾。夜景を背景に宝石みたいに輝くベイエリアは、圧巻だ。

「綺麗……」

「海からだとこんな風に見えるのか」

遥斗も感嘆の息を零《こぼ》し、パノラマ夜景を眺める。ちょうど東京ゲートブリッジが遠ざかっていくところだった。

クルーズ船が旋回し、来た道を戻っていく。

反対側に見えるのは、〝キリン〟と呼ばれるガントリークレーン。ライトアップされたその光景は異様なほど壮観で、なんだか怖くもあった。

ぶるっと震えが走り、無意識に自身の身体に腕を回す。すると、遥斗が詩乃の背後から抱きつくようにして、手すりを掴《つか》んだ。

「寒い？」

「ううん、大丈夫です。ただ……あの光と影のコントラストが怖くて」

「確かにそう思えなくもない。でも、逆に微動だにしない凛《りん》とした佇《たたず》まいが、安心感を覚える。まるで祖父みたいだ」

「国安会長？」

そう訊ね返した瞬間、午後に偶然出会った国安会長の姿が脳裏に浮かんだ。

そういえば、国安会長は思うところがあって東京に出てきたと言っていたが、いったいなんの用事があったのだろうか。

「そうだ。祖父は会長職に就いているとはいえ、現場から退いた。ほぼ隠居生活なのに、下の者は祖父の真意に沿いたいと願う。そこにどっしり構えて見守ってくれるからこそ、安心して仕事に精を出せるんだ。祖父はそういう存在だ。詩乃も知っているはず」

「うん」

詩乃は小さく頷いた。

確かに国安会長は、皆に頼られている。詩乃が別荘で働いていた際もそうだった。

スタッフたちが抱える些細《ささい》な問題でも、国安会長は面倒くささそうな素振り一つ見せず、親身に相談に乗ってくれるためだ。

誰に対しても温和で、心が広い国安会長。そんな彼でも、時として頑として突っぱねることもある。それは本社からのヘルプだ。

国安会長は自分が出しゃばる時と、若い者に任せる時を見定め、不用に助けを求められてもなかなか長野を離れない。

なのに、何故か今回は東京へ出てきた。

理由は？　国安会長は、そう簡単に上京する人ではないのに……

もしや、遥斗がフィアンセ候補たちに正式に断りを入れたせい？　尽力できなかった詩乃を叱責しようと、わざわざ足を運んだとか？

そんな考えが頭を過《よぎ》るも、詩乃はすぐに振り払う。

あり得ない。国安会長は、現在東信地方の商工会との仕事に精を出している。忙しくしている彼が、一社員の詩乃を怒るためだけに東京へ足を向けるはずがない。

それならばどうして？

物思いに耽《ふけ》りながら、詩乃は遠くに見えるレインボーブリッジを眺める。

すると、遥斗が詩乃の腹部に手を回した。

「心配事か？」

遥斗の問いに、詩乃はハッと息を呑む。そして、いつの間にか入っていた肩の力を抜いた。

「実は今日、ホテルにお見えになっていた国安会長と、偶然お会いしたんです」

「……いつ？」

「遥斗さんから電話が入った時です」

遥斗は急に黙り込み、詩乃を抱く腕に力を込めた。さらに詩乃の肩に顎《あご》を載せて頬を擦り寄せる。

少しチクチクする髭《ひげ》の感触にふっと心が和《なご》み、遥斗の胸に寄り掛かった。

「祖父の人となりは、傍にいた詩乃なら知っているはず。だから、東京にいる祖父を見て驚いただろう。で、君にどんな話を？」

「わたしの……出向についての話をしました」

「なるほどね、俺への締め付けというわけか。祖父に相談せず、勝手に三家に断りを入れたから」

「それで国安会長が出て来られたんですか？」

「祖父の考えを丸ごと知り得るのは難しい。だが、要因の一つとも言える」

「わたしも同じです。国安会長の行動を理解するのは、とても難しくて……」

遥斗に同意しながら、詩乃はそっと湾岸に目を向けた。

次々に移り変わる眩《まばゆ》い夜景を眺めていて思ったのは、時間は止まらない。立ち止まりたくても、進んでいるということ。

国安会長の考えは読めないが、確実に裏で何かが動いている。

詩乃はそれが怖くてならなかった。

「あの、国安会長とは直接お会いになったんですか？」

「今日？」

「はい」

「いや、本社に来ていることすら知らなかった」

「そうですか……。あっ、スケジュールに予定を書き入れたのでスマホに通知が入っていると思いますけど、明朝、会長が長野へ戻られるので、遥斗さんに見送りに来てほしいそうです。わたしも一緒に行きます」

「うん。そうしてくれると、祖父も喜ぶと思う」

感謝するように、遥斗が詩乃をぎゅっと抱きしめる。その温もりに心を満たされてうっとりしてしまうが、まだ訊きたかったことがあったのを思い出して、彼の腕を掴《つか》んだ。

「さっき〝勝手に三家族に断りを入れたから〟って言いましたけど、その件についてはお話を？」

「電話で話しただけだ。祖父は〝フィアンセ候補の誰とも縁がなかったのか？〟と訊いてきた。俺は〝好きでもない女性とは〟と伝えた」

詩乃は僅《わず》かに上体を捻《ひね》り、遥斗と目を合わせる。

「俺の気持ちは、鈴森さんたちの前で告げた時と同じだ。祖父にも父にも、俺の意志は変わらないと話した」

「変わらない……」

その言葉を噛み締めるように、詩乃は頷いた。

詩乃だって、遥斗への気持ちは変わらない。いや、もう変えられないところまできている。

こうやって遥斗と一緒に笑い合い、寄り添い、未来を見つめて歩んでいきたい。

そのためには、嘘を吐き続けてはいけない。

真剣に向き合って愛を育てたいのなら、怖くても、不安でも、拒絶されても、詩乃の素性をきちんと遥斗に告げるべきだ。

詩乃は大きく息を吸い、遥斗の腕の中で姿勢を変えて彼と向き合う。

「遥斗さん、実は――」

勇気を出して真相を告げようとした矢先に、人影が近づいてきたため口を閉じた。

「お飲み物をどうぞ」

ウェイターが現れ、遥斗にトレイを差し出す。そこにあるのはシャンパングラスやワイングラスのみで、ジュースと思《おぼ》しきグラスはない。

「ノンアルコールはあるかな？」

「申し訳ありません。すぐにご用意いたします」

ウェイターが軽く頭を下げて身を翻《ひるがえ》すと、彼は「ノンアルコールの用意を――」とインカムで告げながら立ち去る。

二人きりになるなり、遥斗の手が詩乃の肩に回される。それに合わせて詩乃も彼の腰に手を置くと、彼が笑みを零《こぼ》した。

「そういえば……さっき、何を言おうとしていた？」

「えっ、さっき？　あっ……うん」

詩乃はウェイターが現れる前の件を思い出す。

遥斗に本当のことを話そうとしたのを……

しかし、クルーズディナーに誘ってくれた遥斗の気持ちを、最後の最後で台無しにしたくない。

彼との時間はまだあるので、その時に打ち明けよう。

「なんでも話してくれ。俺は、詩乃の全てを受け止められる」

遥斗は詩乃の頬を包み込み、軽く指を動かして唇を優しく撫でた。

「俺を信用してほしい」

詩乃は触れられるまま、遥斗を仰《あお》ぐ。

「船を下りたら、わたしの話を聞いてくれますか？」

「今でなくていいのか？」

「今は――」

詩乃は遥斗の胸に片手を置き、肩に頭を載せて凭《もた》れかかる。

「遥斗さんと夜景を楽しみたいです。あっ、あれは市場では？　ライトアップされてとっても綺麗！」

詩乃はレインボーブリッジの向こうにある建物を指さした。

遥斗は小さく息を吐くものの、詩乃を問い詰めない。それどころか、次は遠くに見えるスカイツリーに行こうと言ったり、月島でもんじゃ焼きを食べようと言ったりして、明るい話題を振ってくれる。

詩乃の気持ちに尊重してくれる遥斗に感謝して、湾岸の夜景を眺めていた時、ウェイターがノンアルコールのカクテルを持ってきた。

それを受け取った遥斗から、詩乃はグラスをもらう。

さっぱりした柑橘系《かんきつけい》のカクテルを飲みながら、船が出港した場所に戻るまで楽しく過ごした。

船内放送が流れた数分後、船が接岸して客たちが移動し始める。

詩乃たちは急がず、人気《ひとけ》が少なくなったところで下船した。

「おいで」

遥斗が詩乃の肩を抱き、駐車場に向かって歩き出す。

「このあとの予定は？」

「もちろん、詩乃と過ごすつもりだ」

今夜はまだ詩乃と一緒にいてくれると思うと嬉しくなり、胸の奥が温かくなる。

しかし、これから真実を話せばどうなるだろうか。

遥斗が態度を変える瞬間を想像してしまい、詩乃の顔が強張《こわば》る。

「俺の家でね。ここの近くのマンションに住んでるんだ」

「遥斗さんの家？」

「ああ。詩乃を招待したい」

遥斗が詩乃のこめかみに軽く唇を落とした。

柔らかな感触と遥斗の体温に、詩乃の心がほんわかと和《なご》んでいく。なのに彼が顔を離すと、薄れていた不安が再び忍び寄ってきて胸が苦しくなった。

「待って……」

「待たない。詩乃を俺のテリトリーに迎え入れる」

「お気持ちは嬉しいです。でもその前に、船上でしようとした話を、まず聞いて――」

「家で聞こう」

「けれど、遥斗さんのお家に行って――」

真実を話したあと、家に招き入れたのは間違いだとばかりに詩乃を追い出そうとしたら？

途端、詩乃を邪険にする光景が脳裏に浮かんだ。

遥斗に責められても仕方がないとは思っている。彼を騙《だま》したのは事実だからだ。でも、遥斗のテリトリーに初めて招き入れられた途端、そこを追い出されるのは精神的に辛過ぎる。

詩乃は堪《たま》らず胸に手を置いて、服を掴《つか》む。

「〝俺の家に行って〟……何？」

遥斗が続きを催促するも、詩乃は答えられずに顔を伏せた。

どうしよう。いったいどうすれば……

そうこうしているうちに、遥斗のスポーツカーが詩乃の視界に入った。

このままでは、遥斗のマンションに行ってしまう！

詩乃は慌てて遥斗から離れようとするが、彼にしっかり肩を抱かれているため逃れられない。

「あの――」

そう言った時、目の端で何かが動くのが見えて、自然と意識がそちらに向いた。

街灯の下に立つ美女が誰なのかわかるなり、詩乃は言葉を失う。

大きなフープのピアスを付けたパンツスーツ姿の美女――なんとあの伊沢がそこにいたからだ。

伊沢は切なげに顔を歪ませて遥斗を見つめていた。しかし、彼女の目線がついと横に逸れて詩乃に向けられる。

途端、伊沢は憎々しげな目で詩乃を射貫いた。

「い、伊沢……さま!?」

「伊沢？」

詩乃の呟《つぶや》きを耳にした遥斗が、静かに振り返る。直後、伊沢がこちらに向かって歩き出し、二人の前で立ち止まった。

「麗子。まさか、こんなところで会うとは思わなかったな」

「今夜はあたしと会ってほしいって頼んだのに、遥斗は嬉しそうに……秘書と品川埠頭に行くって言ったでしょう。ピンときたわ。ここのクルーズディナーを予約してるんだってね」

そう言った伊沢の目が、詩乃の肩に置く遥斗の手に落ちる。

その冷たい眼差しに、詩乃はおもむろに一歩下がろうとするが、遥斗にしっかり肩を掴《つか》まれて動きを制される。振り仰《あお》ぐと、遥斗は伊沢を見つめていた。

これまで同様、遥斗は伊沢に笑顔で接している。けれども間近で見ると、遥斗の頬にかすかに力が入るのが見て取れた。

詩乃が不安を覚えながら恐る恐る遥斗の背中を掴《つか》んだ時、彼はほんの少し目を細めた。

「それで？　……わざわざ追いかけてくるとは、麗子らしくないな」

「あたしらしい？　本当のあたしを知らないくせに」

伊沢は顔を歪めて投げやりに言い放ったが、間を置かずに自分の胸を叩く。

「何故、あたしが〝会ってほしい〟って急いで頼んだと思ってるの？　早く真実を伝えなきゃって思ったの。そこにいる秘書のことで」

わ、わたし⁉　――と目を丸くして、詩乃は伊沢を凝視した。

詩乃が知る伊沢は、落ち着いた雰囲気を持つキャリアウーマンという姿だ。でも目の前にいる彼女はこれまでと違い、心の余裕がまったくない。

いったい何が起きているのかわからず、詩乃は伊沢と遥斗を交互に見た。

「俺の秘書について、麗子に何かを言われる筋合いはない」

「なんでそんな風に言うの？　これまで一度として、あたしを拒絶したことがないのに」

「理由はわかっているはずだ。麗子が友人の域を超えてきたからだろう？　君はそういう人ではなかった」

「それは……」

伊沢が遥斗に詰め寄ろうとするが、すんでで踏み止まる。そして、感情を殺すように両手をきつく握り締めた。

「いつもと違った行動を取るのは……あたしにも関係があるからよ」

「何が関係あると？」

「あたしは遥斗のフィアンセ候補の一人でしょ！」

「フィアンセ候補の一人？　その話はなくなったはずだ」

遥斗がぴしゃりと言い放つと、伊沢が身体を震わせて片足を後ろに引く。でもすぐさま顎《あご》を上げ、彼に挑む姿勢を見せた。

あまりの真剣な様子に、詩乃はおろおろするほかなかった。

しかし、遥斗は一切動じていない。

強気に立ち向かってくる伊沢に対して、どうして遥斗はこんなに平然としていられるのだろうか。平然と？　……いや、違う。遥斗は明らかに挑む姿勢を見せている。頬の引《ひ》き攣《つ》りがまさしくそうだ。

なのに何故、いつもと異なる伊沢をおかしく思わないのか。

その理由は一つしかない。

遥斗は伊沢がこういう風に出てくると、ある程度予想していたのだ。そうでなければ、彼女の攻撃に動揺せず対応できるはずがない。

ただ、どうやって事前に知ったのかは不明だが……

詩乃は考えるように伊沢に視線を移すと、詩乃を睨《にら》む彼女と目が合った。

「そうよね。あの話はなくなった。フィアンセ候補の誰とも付き合う気はないと宣言して、遥斗がご破算にしたんだもの。だったら彼女と付き合ってる理由は？　自分で言った言葉を覆《くつがえ》す気？」

「覆《くつがえ》す？　……俺が？」

「だってそこの秘書は、大峯詩乃なんかじゃない。あたしたちと同じフィアンセ候補の一人、西條詩乃でしょ！」

伊沢の発言に驚愕すると同時に、詩乃の顔から一気に血の気が引いていく。指先まで冷たくなり、そこが震えるのを感じた。

どうしてそれを⁉　――と思うが、大事なのはそこではない。

遥斗に白状する前に、詩乃の素性を暴《あば》かれてしまった。

まさかこんなことになるなんて……

自《みず》ら真実を告げるのと、他の人から聞かされるのとでは、受け取り方が違ってくる。

遥斗は伊沢の話を聞いて、いったいどう思ったのか気になるも、詩乃は遥斗の顔を見られなかった。身体に針金が入ったみたいに身動きできない。

すると、伊沢が不意に悲しそうな表情を浮かべた。

「遥斗は騙《だま》されてる。この秘書の様子がおかしいなと思って調べさせたら、案の定……偽名を使って国安会長のもとで働いていたとわかったの。その意味がわかる？　会長の信頼を得たあと、あたしや鈴森さんの悪口を吹聴し、遥斗の妻に収まろうとしたんだわ。そういうあざとい女性なのよ！」

まるで腰に帯びた剣でも抜くかのように、伊沢が勢いよく詩乃を指した。

その動作に飛び上がるほどビクッとしてしまい、詩乃は足を引いて逃げ出しそうになる。けれども、また遥斗に肩を掴《つか》まれて押し止められた。

「あざとい女性？　なるほど……。では、麗子は？」

遥斗がおかしげに言う。すると、何故か伊沢は顔を強張《こわば》らせて目を泳がせた。

「あ、あたしは――」

「まさか麗子がこんな行動に出るとは想像もしなかった。いや、考えたくなかった。俺がどうして今日どこに行くのか、あえて漏らしたと思う？　麗子が自分にブレーキを掛ければ良し、余計な動きをすれば釘を刺すためだ」

「もしかして、遥斗は秘書の素性を知っていたの？」

麗子が愕然とした表情で目を見開く。それに対し、遥斗は泰然と構えていた。

その態度に怖くなり、詩乃は瞼《まぶた》をぎゅっと閉じた。

「彼女が、遥斗のフィアンセ候補の一人だと？」

「ああ。麗子に言われる前から知っていた」

「……知って⁉」

詩乃はポロッと口に出して、勢いよく顔を上げた。

いったいいつから⁉　――そう訊ねるように見るが、遥斗は今もなお伊沢を見据えている。

遥斗が何を考えてるのかまったくわからない。しかし、彼の険しい目つきからこの状況を不快に思っているのだけは伝わってきた。

「箱根で麗子と鈴森さんを見送ったあと、俺は詩乃とある場所へ行った。そこで詩乃が……誰かがいたと言ったんだ。最初は見間違いだと思ったが、彼女は間違いなく〝赤いもの〟が見えたと」

その話は、遥斗と車中エッチをしたあの日のことだ。

数週間前の出来事を振り返りつつも、どうして遥斗が今になってその問題を口にするのか理解できない。

帰京してから一度も話題にしていないのに……

「詩乃の話が引っ掛かり、その後防犯カメラを調べてみた。麗子、そこに誰が映っていたと思う？」

遥斗の説明に、伊沢の顔から血の気が引いていく。今にも逃げ出しそうな様子で、一歩、また一歩と下がっていった。

「映像を見た時は、信じられなかった。俺の知らない顔をしていたから。だが、直感的に思った。ああ、絶対にこれで終わらないなと」

相手の心にある本音を探るように、二人は互いに見つめ合う。次第に空気が張り詰めていき、息を吸うのも辛くなるほどだ。

その時間はほんの数秒だったが、十数秒にも感じられた頃、伊沢の表情がやるせないものへと変化していった。

「わかっていたのに何も手を打たず、あたしに罠を仕掛けるなんて……。どうしてそんな残酷なことができるの？　あれを見たのならわかるでしょう？　遥斗が彼女に夢中になる光景を見せられた時、どんなに胸を引き裂かれたか。何故そうなるのか、あたしの気持ちを知っているはずよね？」

「麗子の気持ち？」

わからないと言いたげに、遥斗が眉間に皺《しわ》を寄せる。

「あたしは遥斗と出会った時から、ずっと好きだったのよ」

好き？　伊沢さんが遥斗さんを!?　まさかそんな——と思いながら、伊沢を注視する。彼を恋い焦《こ》がれるような彼女の表情を見て、詩乃はようやくその言葉が真実だとわかった。

ずっと遥斗に興味がないと思っていたが、実はそうではなかったのだ。

「麗子の気持ちに気付かなくて悪かった。ただ、それを知ってもどうにもならない。君は、最初から俺の友人の一人だった」

声を震わせながら想いを訴える伊沢を、遥斗が容赦なく拒絶する。すると、彼女は涙を浮かべた顔をくしゃくしゃにした。

「そうさせたのはあたしの判断ミスってこと？　でも遥斗は、すぐに近寄ってくる女性を嫌うじゃない。だから、遥斗が好む女性を演じたのよ。鈴森さんに興味を示さなかったのを見て、あたしはそれが正しいとわかった。なのに、まさか西條さんが現れて遥斗の心を捉《とら》えるなんて……」

「そうだな。確かに詩乃は疾風の如《ごと》く俺の前に現れ、怒らせ、そして俺を虜《とりこ》にした」

「遥斗、わかってる？　あたしたちに〝フィアンセ候補に名を連《つら》ねた女性とは、誰とも付き合わない〟と言ったのは、あなた自身なのよ」

「ああ、俺は〝付き合わない〟と言った。だが〝好きでもない女性とは〟と付け加えたはずだ」

遥斗の意味深な言葉を頭の中で繰り返しながら、詩乃は彼を仰《あお》ぐ。すると、いつの間にか詩乃を見ていた彼と目が合った。

遥斗は温和な笑みを浮かべていたが、それが詩乃の胸に突き刺さる。

詩乃は遥斗に別れを告げられるかもしれない恐怖に駆られて、彼の愛の深さを見ようとしなかった。でも彼は、詩乃が真実を隠していると知っても、愛を注いでくれていたのだ。

改めて遥斗の一途《いちず》な愛を感じ、詩乃は幸せに包まれた。

瞼《まぶた》の裏がチクチクし、じんわりと涙が浮かび上がる。それがあふれ出ると、頬に零《こぼ》れ落ちた。

瞬時に遥斗が詩乃の頬を手で覆い、優しく指で涙を掬《すく》う。

「その時には知っていたのね。だから、言葉巧みに逃げ道を使った言い方を――」

伊沢の言葉に、遥斗が小さく頭を振る。でも、詩乃から目を逸らさない。

「それは違う。皆に言った時、俺は詩乃が西條家の娘だと知らなかった。ただ、素直に〝好きでもない女性〟とは付き合いたくないと気持ちを告げただけだ」

まるで詩乃に伝えるように、遥斗が説明する。

「じゃあ、あの時にはもうわたしと付き合うつもりだったの？　何があろうとも？」

詩乃は遥斗を見つめたまま、ゆっくりと声を振り絞った。

それはかすれて小声に近かったが、遥斗の耳には届いたようだ。彼は柔らかく微笑みながら、力強く頷く。

「もちろんだ。詩乃にどんな背景があっても構わない。俺が欲したのは詩乃という女性。君に〝もう二度と逃がさない〟と告げたあの日から、俺の心は既に決まっていた」

「つまり、女性として……鈴森さんやあたしはダメだったけど、秘書だった西條さんには惹かれたってこと？」

突如、伊沢が割って入る。その声に反応した遥斗は、ほんの僅《わず》か目線を彼女へと動かした。

「そのとおりだ。好きになった女性が、たまたま詩乃だったというだけの話。フィアンセ候補の中から選んだんじゃない。なのに――」

そう言いながら、遥斗が詩乃を咎《とが》めるように眉間に皺《しわ》を寄せる。

「詩乃は、鈴森さんか麗子のどちらかを俺に押し付けようとしていたが」

「だって、どうにかして候補から逃れたくて――」

詩乃は口をもごもごさせて、ちらっと伊沢に視線を向ける。彼女は訝《いぶか》しげに詩乃を見ていた。

二人の目が合うなり、詩乃は伊沢に何かを言わなければと思った。

伊沢が指摘したように、詩乃には確かに裏があって遥斗に近づいた。でもそれは、彼と結婚するためではなく、フィアンセ候補から外れるためだった。なのに、いつしか彼を好きになってしまったのだと……

「伊沢さ――」

「やめて」

伊沢が悲鳴を上げるように拒絶し、詩乃をキッと睨《にら》む。

「追い打ちをかけるの？　あなたが勝ったって？」

「違います！　わたしは――」

詩乃が言い訳しようとするが、遥斗に手首をぎゅっと握り締められて遮《さえぎ》られてしまう。すると、それを見た伊沢が悲しそうに顔を歪めた。

「……バカみたい。結局あたしや鈴森さんは、巻き添えを食らっただけじゃない。こんなの……」

声を震わせて、くるっと身を翻《ひるがえ》す。

「男は遥斗だけじゃない。あたしの周りには、大成功を収めた実業家だってたくさんいる。絶対に遥斗よりいい男を捕まえて、逃した魚は大きかったって思わせるわ！」

そう言って、伊沢は颯爽《さっそう》と歩き出した。

遥斗のスポーツカーから少し離れた場所に停めたセダンのドアを開け、車内に消える。そして、そのまま駐車場を出ていった。

終章

二人きりになり、静寂が訪れる。

しばらくの間、詩乃と遥斗は何かを話すでもなく静かに佇《たたず》んでいた。

そんな二人の間に漂《ただよ》う空気を変えるかのように、薫風《くんぷう》に似た香りが鼻腔《びこう》をくすぐり、詩乃のスカートをなぶっていく。

詩乃は乱れる髪を手で押さえ、ゆっくり面《おもて》を上げる。すると、遥斗が優しい目で詩乃を見つめていた。

「わたしが西條詩乃だと知っていたんですね。東京に戻ってきてからですか？」

「ああ。……弁明させてほしい」

至近距離で見つめ合いながら、遥斗が囁《ささや》いた。

弁明？　詩乃ではなく、遥斗が？

詩乃は意味がわからず、不安そうに眉間を寄せた。

「何をですか？」

「詩乃が西條家の娘だと知った理由だ。詩乃を調べようとした切っ掛けは……嫉妬からだ」

「嫉妬？」

詩乃が訊ね返すと、遥斗が苦笑いする。しかし詩乃を見る目は、真摯《しんし》な想いを宿していた。

「詩乃を初めて抱いた翌朝、俺は詩乃と宇賀さんの親密そうな姿を見て、二人の昔の関係を知りたくなかった。それで探偵事務所に依頼したんだ」

「潤二とわたしは――」

勘違いしてほしくなくて慌てて説明しようとする。そんな詩乃の唇に、遥斗がそっと触れて言葉を遮《さえぎ》った。

「わかってる。宇賀さんは学生時代に親しかった友人の一人に過ぎないんだろう？　そう書いてあったよ。俺はそれを見た時、心からホッとした。でもその調査書には補足があった。詩乃が偽名を使っているとね。明記された本名と実家の住所を見て、ようやく気付いた。詩乃は、俺を悩ませ続けた三人のうちの一人だったんだと」

遥斗はそこで口を閉じ、詩乃の口を塞《ふさ》いでいた手をゆっくり下ろしていく。

「それが、詩乃が西條家の娘だと知った全てだ。……勝手に調べて悪かった」

「そんな、謝らないでください！　そもそもわたしが隠し続けたのが原因ですし……」

しゅんと肩を落として視線を下げていくと、遥斗が詩乃の額《ひたい》を指で軽く小突いた。

「……ンッ！」

その衝撃に一瞬瞼《まぶた》をぎゅっと閉じるが、すぐに目を開けて遥斗を窺《うかが》う。詩乃を見つめながら、彼は大げさに片眉を動かした。

「本当にな！　フィアンセ候補に名を連《つら》ねる一人として俺を悩ませ、今度は俺の心を奪い……悶《もだ》えさせた」

「ごめんなさい」

詩乃が素直に謝ると、遥斗は表情を和《やわ》らげて頭を振った。そして詩乃の額《ひたい》に優しく触れたかと思ったら、その手を頬へと滑らせる。

情の籠《こ》もった触れ方に、自然と詩乃の心が熱いもので満たされていく。

二人はお互いに愛情を瞳に宿して見つめ合っていたが、遥斗が不意に表情の色を消していった。

「詩乃、一つだけ訊きたいことがあるんだ。……教えてくれるか？」

そう訊ねられて、詩乃は思わず目をきょとんとさせた。

いったい何を知りたいのだろうか。詩乃が遥斗に素性を明かさなかった理由？　それとも、何故彼に鈴森や伊沢を押し付けようとしたのか、それが知りたいとか？

とにかく何を問われても正直に話すつもりでいる詩乃は、静かに頷く。

「遥斗さんの知りたいことはなんでも……。今夜は全てを明らかにするつもりでしたから」

「どうして祖父のところで働けた？」

「……えっ？」

想像していた問いとは違ったため、思わず素《す》っ頓狂《とんきょう》な声を漏らしてしまう。

まさか国安会長の下で働けるようになった理由だなんて……

「祖父は、いつも必ず地元出身者を優先的に採用している。それに当てはまらない詩乃が、どうやって職を得られた？」

「内定をもらえた理由はわかりません。わたしが応募したのは大学四回生の秋だったんですが——」

詩乃は視線を駐車場の街灯に向け、当時を思い出すように目を眇《すが》める。

「その頃、父の呉服屋を手伝いながら箏《こと》の道へ進もうと決めていたんです。けれども遥斗さんの存在を知らされて……。わたしはどうにかしてフィアンセ候補から外してもらうことばかり考えてました。でも父は国安会長に恩義があるため断れないと。だったら自分で動こうと思い、ダメ元で履歴書を送ったんです。母方の姓で……。本人が乗り込むより、他人の方が勘違いされなくていいと思って」

「勘違い？」

「本名で乗り込めば、遥斗さんの妻の座を得るために来たと思われませんか？　もしくは、気に入られるために来たとか。そんなことを望んでいるわけじゃないのに……」

「それで偽名を使い、祖父の別荘に履歴書を送ったんだな？」

詩乃は素直に頷いた。

「で、内定の通知があったと」

「はい。運が良かったと思います」

「運が良かった？　ハハッ、まだ祖父を理解してないな」

「えっ？」

遥斗がおかしげに笑う理由がわからず、詩乃は問いかけた。

何故気付かないんだ？　——と、遥斗がおもむろに片眉を上げる。

「本気で偽《いつわ》りの履歴書で採用されると思ってるのか？　祖父が身元を調べないとでも？　このご時世、企業スパイが乗り込んでくるケースもある。見逃すはずがないだろう？　……内定を出した時点で、詩乃が西條家の娘だと認識していたはずだ」

「え？　ま、まさか……！」

詩乃が信じられないと目を見張ると、またも遥斗が楽しそうに声を出して笑った。

「なるほどね。だから祖父は……あんな真似を」

「あんな真似？」

「祖父は、俺に詩乃の素性を知られたくなかったんだよ。祖父が詩乃を出向扱いにしたのは、身元を調べられないようにするため。そうすれば、本社は社会保険などの手続きを取らなくていいからな」

そんな風に言われれば、もう国安会長に詩乃の素性がバレていたとしか思えなくなる。

詩乃に秘密裏《ひみつり》に指示したフィアンセ候補の件もそうだ。

詩乃の素性を知っていたから、理由をつけて遥斗のところへ送ったのではないだろうか。そうでなければ、一スタッフに私的な指示なんて出さない。

不思議なのはこれだけではなかった。

今振り返れば、初めて遥斗と会った日に起こったセキュリティの件も変だった。

セキュリティの解除が遅れれば、まずは契約会社から母屋《おもや》に連絡が入る。そうなる前に、遥斗が会社に連絡を入れて事なきを得た。

しかし遥斗の照会が終わったとしても、念には念を入れて母屋《おもや》に確認を入れるはずだ。ところが、そちらには確認の連絡が入らなかった。

つまり、国安会長が事前に伝えていたと考えられる。離れでセキュリティの〝訓練中〟とでも言ったのではないだろうか。

ようやくわかった。詩乃が遥斗と離れに閉じ込められた際、何故国安会長が面白がっていたのかも……

「国安会長は、わたしたちが離れで会ったあの夜も、仕組んでいたんですね」

「祖父は、一手先二手先を読んで動く。そのため、何も考えずに動くというのは考えづらい。つまり、詩乃が誰なのか知っていて、俺に近づけさせたわけだ」

「いったいどういうお気持ちで？　わたしが国安会長のところに来た理由を知っていたはずなのに」

「そうだな。多分、どっちに転んでも……良かったんだ」

「どっちでも!?」

声を上げる詩乃に、遥斗が肩を揺らしながら笑った。

「詩乃が俺を嫌って奮闘するのなら、それでも構わない。詩乃を上手く手駒として使えば、候補者の誰かと俺をくっつけられる。逆に、その過程で俺が詩乃を気に入れば……それも良し。何故なら詩乃も候補者の一人なんだから」

「それって……わたしは自分の意思で動いていたつもりが、結局は国安会長の手のひらの上で踊らされていたという意味ですか？」

「そのとおり！」

遥斗と話して、何もかもがしっくりいった。

こうなることは、詩乃が国安会長のもとへ履歴書を送った時から決まっていたのだ。

その時、宇賀が別れ際に話した内容が急に甦《よみがえ》った。

会長に対して〝そう簡単に騙《だま》せると思えない〟と言ったのを……

まさしくそのとおりだった。

「わたしが奮闘したこの一年半は、いったいなんだったのかな」

「俺と出会うための時間だ」

遥斗はにやりとし、詩乃の手を取って車へと促《うなが》す。

「これで訊きたいことは終わった」

「この話を訊きたかったんですか？」

「ああ。祖父がどこから絡んでいたのか明確にしたかっただけなんだ。詩乃が俺の個人秘書になり、裏でしていた件は……既にバレてたから、特段気にしていない」

そう言われて苦笑いするも、詩乃はこの幸運を絶対に忘れてはならないと自分に言い聞かせながら表情を引き締めた。

遥斗は詩乃の行いを知っても、深く愛してくれるようになったのだから……

その時、遥斗が助手席のドアを開け、座るように目で合図を送る。

詩乃がそこに身体を滑り込ませると、遥斗は運転席に座りエンジンをかけた。

「これからどこへ行くんですか？」

「忘れたのか？　俺の家だ」

その言葉に、ドキッと心臓が高鳴る。エンジンの音に合わせて、早鐘を打ち始めた。

先ほどはあれほど遥斗の家に行きたくないと思っていたのに……

遥斗の想いを噛み締めるうちに、嬉しさが込み上げてきた。

詩乃は頬を染めながら軽く俯《うつむ》き、そっと照れを隠す。

「忘れていなかったんですね」

「忘れる？　それはあり得ない。詩乃を……家に連れて行く計画は外せない」

遥斗はハンドルを握り、車を発進させた。

駐車場から国道に出た途端、たびたび渋滞にはまって車が停まる。時間的に車の量が多いのでそれも仕方がない。

しかし詩乃は、その渋滞さえも楽しむように夜景を眺めていた。


しばらくすると、品川駅前にある有名なシティホテルが見えてきた。

車は、その付近にあるタワーマンションの地下駐車場へと入る。

遥斗は車外へ出て助手席のドアを開けると、詩乃の手を取った。詩乃が駐車場に降り立つと、彼はエレベーターホールへ導《みちび》く。

エレベーターに乗ったら、もうすぐ遥斗の部屋なのだ。

そこに入れてもらえる幸せにふっと頬をほころばせると、遥斗が急に肩を抱いてきた。

「あと少しだよ。俺のテリトリーに入れたら……もう離さない。今夜は覚悟してくれ」

囁《ささや》き声に近かった遥斗の声が、どんどん近づいてくる。そして、その声が誘惑に満ちたものに変わった時、詩乃の耳朶《じだ》に吐息がかかった。

身体の芯に痺《しび》れるような疼《うず》きが走り、詩乃の息遣いが甘くなる。

「さあ、行こう」

エレベーターの扉が開くと中に入り、時計を黒いプレートに近づける。するとエレベーターの扉が閉まり上昇していった。

ポンッと軽い音が響き、再びそこが開く。絨毯《じゅうたん》が敷き詰められた廊下は、シティホテルと見紛《みまが》うほど素敵だった。

重厚なダークブラウンのドアの前を、一戸、また一戸と通り過ぎる。

その途中で遥斗は立ち止まると、鍵を解除してドアを開けた。

「我が家へようこそ」

遥斗は、詩乃に自分の意志で入ってほしいとばかりに室内を手で示す。

初めて入る、恋人の家。

緊張のあまり身体が強張《こわば》るが、詩乃は何度も深呼吸をして広い玄関に入った。

「お邪魔します」

大理石仕様のそこには、遥斗の靴が何足か並べてある。どれも見覚えがある革靴だ。

ここが、遥斗さんが暮らしている家——と喜びで胸を震わせていると、背後でドアが閉まる音が響いた。

「遥斗さん——」

詩乃が振り返ろうとした瞬間、数歩で近づいた遥斗に壁際に追い立てられる。

突然のことにまごつく詩乃を尻目に、遥斗が顔を寄せてきた。じっと見つめたのち、詩乃の唇の上で感嘆の息を零《こぼ》した。

「やっと……やっと詩乃を家に迎えられた」

「まだ玄関先ですけど」

詩乃の返しに、遥斗がぷっと噴き出す。

「そうだな。俺は急《せ》かしてる？」

「いいえ。わたしもこうされたかった……ぁっ、んぅ！」

遥斗と同じ気持ちだと告げる前に、彼が詩乃の唇を塞《ふさ》ぐ。優しく触れ合わせては吸い、ねっとりした濃厚な口づけをした。

そうしてついばまれるたび、詩乃の胸の奥に住む鳥たちが一斉に羽ばたいた。

まるで遥斗の想いに呼応するように……

自然とバッグを持つ手の力が抜けて、足元に落ちる。しかし、そんなのは気にならなかった。

詩乃は遥斗の腕に手を置き、スーツをきつく握り締める。

「唇を開けて」

乞われて唇を開けると、遥斗の生温かい舌が滑り込んできた。

「ンっ……！」

お互いの唾液がいやらしく絡まり合う中、遥斗が詩乃の心を攫《さら》いたいとばかりに口腔《こうこう》で舌を蠢《うごめ》かせる。

「んぅ……っ、んふ……ぁ」

好きな人に求められるのが嬉しくて、幸せで、瞬《また》く間に悦《よろこ》びに包み込まれていった。

次第に腰が甘怠《あまだる》くなり、力が抜けそうになる。

詩乃が堪《たま》らず遥斗の首に手を回すと、突然身体が宙に浮いた。

「んんっ！」

声を詰まらせた詩乃は、遥斗から顔を離す。そして、彼を見下ろした。

なんと遥斗が詩乃のお尻の下に腕を回して、軽々と持ち上げている。先を急ぐ態度に詩乃は目をぱちくりさせるも、すぐに頬を緩《ゆる》めた。

「……どこに行くんですか？」

「俺のベッドルーム。これから愛し合っても文句はないよな？」

廊下を進みながら、遥斗が甘い声で囁《ささや》き、詩乃の素肌に息を吹きかける。そして目で〝だろ？〟と問いかけた。

詩乃はだんだんその気になっていく顔を見られるのが恥ずかしくて、目を伏せる。しかし口元がほころんでいくのは隠せなかった。

「何？　気に入らない？」

これ見よがしに、遥斗の片眉が上がる。

詩乃はそんなことはないと頭を振り、遥斗の頬に指を走らせ、そのまま下唇の縁を撫でた。優しく触れながら、彼をからかうように目線を上げる。

「いえ。ちょっと、遥斗さんらしくないかなって。だって、初めて想いを通わせた時に愛し合った場所って、車だったでしょう？　……ベッドルームは王道っていうか」

「王道？　そう言っていられるのは今のうちだけだ」

何かを約束するような熱い眼差しを向けられて、詩乃の心臓がドキンと強く打つ。

「そうなんですか？」

詩乃が訊ねると同時にドアが開き、部屋の間接照明が灯る。普通なら部屋を見回す余裕があったかもしれないが、詩乃は彼から目を逸らせなかった。

それぐらい、遥斗の双眸《そうぼう》から伝わる想いに胸を打たれていたのだ。

遥斗は真面目な面持《おもも》ちで詩乃を見つめ、ゆっくり腕の力を抜いて詩乃を下ろす。

「実は、今日は俺の誕生日なんだ」

「誕生日……えっ⁉」

「祝ってくれるだろう？　今夜は詩乃を離したくない……」

色気に満ちた声で誘惑され、詩乃の身体の芯が一瞬にして蕩《とろ》けていく。下腹部の深奥が疼《うず》いて熱を持ち始めた。

「どうして言ってくれなかったんですか？　わたし、何もプレゼントを用意してない――」

「君自身が俺へのプレゼントだ」

遥斗は瞳に情欲を灯し、上着を脱いだ。そしてネクタイを外して放り投げる。精気漲《みなぎ》る男らしい所作にくらくらしてしまい、詩乃の腰がさらに抜けていく。

「あっ……」

詩乃が腰を下ろしたそこは、大人が三人は眠れそうな大きなベッドだった。

驚く詩乃に覆い被さるかたちで、遥斗が静かに上半身を倒す。額《ひたい》が触れ合いそうな距離で、彼が詩乃の唇を、胸を舐めるように見つめて、目を合わせた。

「思う存分、君を味わわせてくれ」

遥斗の圧に押されて、詩乃が少しずつ仰け反ると、それに合わせて彼がベッドに膝を突く。ビクッとなり肘を曲げて後ろに倒れた拍子に、彼が詩乃に体重をかけてきた。

「いいか？」

遥斗が詩乃の頬を優しく包み込んだ。

「わたしなんかで、プレゼントになります？」

「充分過ぎるぐらいに。詩乃以外にほしいものなどない」

感情が籠《こ》もった遥斗の眼差しに、詩乃の胸が高鳴る。

心の奥では、自分なんかがプレゼントになるとは考えていない。ただ遥斗が望むのなら、彼の気持ちに応《こた》えたい、どんな願いでも叶えたいと思うほど、彼への愛が強かった。

「じゃあ、今夜は満足いくまでわたしを――」

言い終わる前に、遥斗が詩乃の唇を奪う。

その性急さに、自然と身体が悦《よろこ》びに芽吹いた。体内で燻《くすぶ》っていた火が凄まじく燃え上がり、熱が四方に広がっていく。

「んっく……、は……ぁ」

詩乃は悩ましげな息遣いを漏らして、もっととせがむ。すると、急に頭を上げた遥斗に腕を取られて、引っ張り起こされた。

遥斗が詩乃の鼻筋を指で軽くたどり、顎《あご》の下に指を添える。詩乃が息を呑むと、彼に仰《あお》がされた。

「服を脱がせよう。これまでは、ほぼ服を着たままだったから。今日は、詩乃というプレゼントをきちんと開けたい」

遥斗は詩乃のジャケットを脱がせ、シフォンのブラウスのボタンを一つずつ外す。同時に乳房を指でかすめ、詩乃をその気にさせる愛撫を忘れない。

「以前着ていた……黒いボウタイが付いたブラウス。あれは、まさしくプレゼントを開ける感じだった」

「遥斗さんったら……」

詩乃は小声で笑い、遥斗が喜々としてブラウスを脱がせていく様子を見つめた。

それぐらい詩乃というプレゼントを開けるのが楽しみなのだろう。

だったら、わたしも何か応《こた》えたい。初めてをプレゼントしたい——そんな風に考えていると、遥斗が詩乃の背に手を回して、ブラジャーのホックを外した。

胸の膨らみが露《あら》わになる。呼吸が弾むたびに乳房が揺れると、遥斗は柔らかなそこを指でなぞった。

指の先が乳首に触れた途端、詩乃の身体がビクンと跳ね上がる。

「あ……っ」

「綺麗だ。とても……」

情熱を瞳に宿して、詩乃を見つめ続ける遥斗。

それだけで、詩乃の頬が上気してくる。髪で胸元を隠したい気になりつつも、遥斗が詩乃のスカートのファスナーを下げるのを目で追った。

全てを剥《は》ぎ取られて、生まれたままの姿になる。

遥斗は詩乃を眩《まぶ》しげに眺めて、乳房を手のひらで包み込んだ。

「ん……っ」

遥斗の目線がそこに落ちると、一瞬にして先端が硬くなる。彼は乳白色の双山を揉みしだいては、尖ったところを指の腹で捏《こ》ねくり回した。

吐息が熱を帯びてくるまで、いやらしい手つきで執拗《しつよう》に触り続ける。

「あっ、あ……っ、んふぁ……」

恥ずかしさから反応を押し殺そうとするも、快感を送り込まれると、もうそこにしか意識が向かなくなる。

「初めて詩乃を抱いたあの日もそうだった。驚くほど俺の手に馴染んだせいで平常心を失った」

遥斗が急に話し出し、動きを緩《ゆる》める。

イヤ、止めないで。もっとわたしに触って――と声を出して懇願しそうになる。詩乃はそれを抑えるように手を伸ばし、遥斗のシャツのボタンを外していった。

「その時の記憶はところどころ靄《もや》がかっているので、わたしはよく……っ！」

シャツを脱がせながら遥斗を窺《うかが》った時、不意に彼が詩乃を引き寄せて仰向けに倒れた。

遥斗に伸し掛かる体勢にどぎまぎしながら、詩乃は彼の胸に手を置いて心持ち身を起こす。

髪が肩を滑り、遥斗の素肌に流れる。遥斗はその一房を掴《つか》み、毛先に口づけた。

「記憶がないはずはない」

上目遣いで〝そうだろう？〟と問いかけられる。

確かに記憶はある。でも先ほども言ったが、本当に鮮明には覚えていないのだ。

遥斗と初めて結ばれた時は夢うつつで、場面も飛び飛び。どれも気持ちが良かったことしか覚えていない。

それを正直に伝えただけなのに……

「本当です。わたしが酔っぱらっていたのを知っているでしょう？」

「酔ってない。目は醒《さ》めてた。身体を硬くして、全身で俺を拒んでいた」

「いったいいつの話を……？」

「思い出すんだ。俺が初めて君を腕の中に引き寄せた日を」

遥斗は詩乃の首筋に触れて、彼の胸に引き寄せた。

詩乃は遥斗に凭《もた》れかかり、彼に初めて抱きしめられた時の記憶を遡《さかのぼ》る。そうやって彼の温もりを感じているうちに、ある光景が脳裏に浮かんだ。

もしかして、初めて一緒にベッドに入った日のことを言っている？

あの夜は、今みたいな体位ではなかったが、確かに背後から抱擁された。二人の身体は心を通い合わせた恋人同士のように、ぴったりと重なり合っていた。

詩乃が息を呑むと、遥斗が楽しげに笑い、詩乃の髪を指で梳《す》く。

「あの夜、俺は眠りを妨げられて腹が立ち、詩乃に悪態をついたが、実を言えば不思議な気持ちだった。怒りたいのか、この時間を長引かせたいのか、自分でもよくわからなかった。覚えてるか？　俺が〝我慢が利かなくなって君を襲う前に、早く寝ろ〟と言ったのを」

「……覚えてます」

「あれは、詩乃を牽制するのと同時に、理由もわからずに湧き上がった欲望を消すためでもあった」

詩乃は遥斗に触れたまま上体を起こし、彼を見下ろした。

それってつまり、あの時からわたしになんらかの想いがあったという意味？　わたしは遥斗さんの傍を逃げ出すことしか考えていなかったのに――と驚くが、彼の想いを知って、詩乃の胸が喜びで震える。

今は遥斗だけを愛していると、全身で伝えたい。でもいったいどうすれば……

詩乃は、遥斗の鍛えられた胸板を見つめた。

手のひらから伝わる、遥斗の鼓動と温もり。それを感じるだけで、詩乃の身体が疼《うず》いた。彼を求める吐息が零《こぼ》れ落ちていく。

「あの夜に感じた欲望と同じものが……いや、それ以上のものが俺を駆り立てている」

遥斗が詩乃の頭を支えて、少しずつ顔を寄せてきた。

遥斗の口づけを迎え入れようと軽く唇を開けた時、詩乃の上腿に硬いものが触れた。それは、既に熱くなっている。

まだ何も始まっていないのに……

「遥斗さん……」

「詩乃、君がほしくて堪《たま》らないよ」

甘く囁《ささや》かれるが、詩乃は咄嗟《とっさ》に遥斗の唇に触れた。

今夜は遥斗の誕生日。詩乃が彼にしてあげられることっていったいなんだろう。

ただ遥斗の行為に応じるだけでは、普段と変わらない。

詩乃が何かないかと考えていた時、遥斗が詩乃の手のひらに唇を押し付け、舌先でそこをねぶった。

「ひゃあ！」

さっと胸に手を引き、遥斗をまじまじと見つめる。

「俺を焦《じ》らす作戦か？」

「そうではなくて。どうすれば遥斗さんに喜んで――」

とそこまで言って、たった今遥斗にされた愛戯が脳裏に浮かんだ。

舐める？　彼を？

詩乃は自《みずか》らフェラチオをする様子を思い浮かべ、頬を上気させる。でもそれこそ、彼にしてあげられる唯一のことではないだろうか。

何もできないが、詩乃の初体験なら遥斗にあげられる。

「遥斗さんの誕生日に、わたしの……初めてをあげます」

「初めてを？」

意味がわからないと言いたげに、遥斗がかすかに眉間に皺《しわ》を寄せる。詩乃は微笑みながら、彼の腹部へと手を滑らせ、ズボンのファスナーを下げた。

「本当にするのか？」

詩乃が何を考えているのか悟ったに違いない。

遥斗の硬い感触が指に触れるたびにドキドキしながら、そっと目を動かす。

「わたしの初めて、いらないんですか？」

「ほしい！」

遥斗が切羽《せっぱ》詰《つ》まった声で訴える。直後、厚い胸板が上下し、引き締まった腹部が期待するように波打った。

薄暗い間接照明の下でも、遥斗のちょっとした動きが鮮明にわかる。

詩乃は薄《うっす》らと見える腹筋の溝に指を走らせた。ぬかるんだ道にできる轍《わだち》みたいなそこに、顔を近づける。そして期待するかのようにぴくりと動くのを見て、唇を落とした。

「……っ」

声を殺す遥斗の息遣いが耳に届くと、優しく唇を這わせながら、遥斗のズボンをずらしていった。ボクサーパンツも一緒に脱がそうかと思ったが、生地の上から昂《たかぶ》りを手の甲でかすめるだけにする。

瞬間、遥斗が息を呑んだ。

少しでも悦《よろこ》ばせられたことに、詩乃は口元を緩《ゆる》めるが、遥斗自身に視線を落とすなり目をまん丸にさせる。そこがはち切れんばかりに膨らみ、硬く漲《みなぎ》っているのがわかったからだ。

詩乃が懸命に刺激を与えなくても、既に芯が入っている。

本当なら時間をかけて悦《よろこ》ばせるつもりでいたが、これではすぐに達してしまうかもしれない。少し残念に思うが、詩乃の愛撫で絶頂を迎えてくれるのならそれでいい。

詩乃は遥斗への愛を胸に、象徴的な彼自身を軽く擦《さす》る。続いて、ボクサーパンツの中に手を忍ばせた。

刹那《せつな》、彼のものが勢いよく頭をもたげて外へ飛び出す。

突然の出来事に詩乃は目を白黒させるが、初めて間近で見る遥斗のいきり勃《た》つそれに、生唾が込み上げてきた。

「凄い……」

詩乃が感嘆すると、遥斗は顔にかかっていた詩乃の髪を指で梳《す》き、耳にかけた。

情愛に満ちた所作に、詩乃の秘所が痛いぐらい疼《うず》いてじんじんしてくる。

遥斗もそうなのだろうか。

詩乃は再び芯が入った硬茎に目を凝らした。かすかに動くだけでしなり、先端の小さな孔がぴくぴくと戦慄《わなな》いている。

遥斗は詩乃に見られて感じてくれている！

もっと感じてほしくて、詩乃は手の中に収まりきらない硬い昂《たかぶ》りを握り、ピストン運動を始めた。

さらにそこが、雄々しく漲《みなぎ》っていく。

見事な遥斗自身に見惚れながら、詩乃は顔を寄せて切っ先に口づけした。窪《くぼ》み、裏の筋にも唇を這わせ、舌で舐め上げる。

「ああ、詩乃……」

感情が昂《たかぶ》っているせいか、遥斗の声がかすれる。

その淫声に煽《あお》られて、何度もキャンディのように彼のものを舐めては唾液を絡ませる。

じゅぷじゅぷといやらしい粘液音が大きくなってくると、遥斗が詩乃の耳朶《じだ》の後ろを軽く触れた。

また感じやすい首筋を指でかすめられ、詩乃の体内に蓄積する熱が膨張していく。

このまま愛戯に囚われてしまったら、意識が自分の快楽へ向いてしまう。そうなれば、遥斗を悦《よろこ》ばせられない。

詩乃はそれから目を逸らすため、手の中にある怒張を口に含んだ。

「ンっ！」

想像していたよりも太くて、唇の端が引き伸ばされる。顎《あご》の関節が外れるかと思ったほどだ。それでも喉の奥を広げて、迎え入れる。

「んんっ……んぅ……、っんく……」

顔を上下にスライドさせ、手も一緒に動かした。苦しくても、目が潤《うる》んでも、遥斗を悦《よろこ》ばせることに徹する。

感じやすい部分を攻められたのか、詩乃の拙《つたな》い手技でも、遥斗は呻《うめ》いたり引《ひ》き攣《つ》った声を漏らしたりする。それを耳にするだけで、詩乃の身体も蕩《とろ》けそうになった。

口腔《こうこう》に迎えるスピードが速さを増すにつれて、詩乃の双脚の付け根に愛液が滴《したた》り落ちる。ちょっと下肢を動かせば、シーツに浸潤してしまうのではないかと心配になるぐらいだ。

その量に恥ずかしくなるも、もう自分ではどうしようもない。

「んふっ、は……ぁ、んんっ、んう」

詩乃は自分のできる範囲で、遥斗を押し上げていく。

しばらくして、遥斗が絶頂に達しそうなのが、彼自身から伝わってきた。角度が一段と増し、咥《くわ》えるのも辛くなる。

今の体勢では、上手く愛技ができない。

詩乃は少しずつ上体を起こし、四つん這いで移動する。楽な姿勢に保つと、口を窄《すぼ》めて昂《たかぶ》りをしごいた。

欲望を焚《た》き付けられたのか、遥斗が手を滑らせ、詩乃の肩を、二の腕を、そして揺れる乳房を包み込む。

「んんっ！」

膨らみの中心で色付く頂《いただき》が、遥斗の手のひらで擦《こす》れる。鷲掴《わしづか》みにするでもなく、摘まむでもない。

詩乃の揺れに任せて、軽く触れ合わせていた。

これは、前にも体験したことがある。遥斗と想いが一つになり、車中で愛の行為に興じた時だ。

あの日の濃厚なセックスが甦《よみがえ》るにつれて、詩乃の腰が痺《しび》れて力が抜けそうになってしまう。

快い《こころよ》疼《うず》きに身を震わせたその時、遥斗が「うっ！」と声を上げて詩乃の肩を押した。

「本当に初めてか？　それ以上されたら出してしまう。イクなら、詩乃に包まれたい」

遥斗は詩乃の腕を取って引き寄せると、背後から抱きしめた。

「詩乃もそうだろう？　……次は俺が悦《よろこ》ばせる番だ」

詩乃の耳元で甘く囁《ささや》くと、遥斗は耳朶《じだ》を唇に挟んだ。そして肩へと滑らせて、素肌に口づけを落とす。

そうしながら両手で乳房を揉んでは、痛いほど硬くなった乳首を転がした。

「あっ、あっ……、んう……ぁ」

「詩乃、顔を上げて」

遥斗に乞われて、詩乃はそっと目線を上げる。すると、薄暗い部屋の隅で淫奔な姿態を晒《さら》す女性の姿が目に入った。

何者かとギョッとする。

その女性は詩乃が動けば動き、遥斗がキスを落とせばビクッと跳ね上がる。ようやく、鏡に映し出された自分と彼だとわかった。

ベッドの上で淫《みだ》らに動き回ったことで、ちょうど二人の姿が鏡に映る位置に入ったのだ。

詩乃が息を呑む中、乳房に触れる武骨な手がゆっくり下がっていく。鳩尾《みぞおち》から下腹部、そして黒い茂みへと進み、そのまま彼の指が秘所に触れた。

「やあ……っ、ぁん……、ダメっ」

遥斗に愛される行為を鏡で見せられるなんて、恥ずかし過ぎる。

詩乃は頬を上気させてイヤイヤと頭を振るが、遥斗に高められた身体の芯は、もう蕩《とろ》けそうになっていた。

それを感じた遥斗が耳元でクスッと笑みを零《こぼ》して、詩乃の首筋を吸う。

「ベッドルームで愛し合う方法はいくらでもある。しかも、これで終わりじゃない。王道とは違う愛し方で、その身にわからせてあげる」

その言葉で、詩乃は彼にベッドルームへ誘われた時のことを思い出した。

詩乃が〝彼らしくない〟と言ったのを……

つまり、これから普段とは違う愛し方をすると？

そう思った瞬間、詩乃の口から引《ひ》き攣《つ》った声が漏れた。何をされるのかわからない不安以上に、興奮と期待で身震いしてしまう。

「遥斗――」

背後の遥斗に声をかけようとした時、彼が詩乃の花弁に沿って優しくなぞり始めた。

「んく……っ、あ、やぁ……」

鋭い快感に襲われて詩乃が息を弾ませると、遥斗が素肌に息を吹き掛けた。

「想像どおり、びしょびしょだ。見て、詩乃……。俺に触れられて感じてる顔を。身体の力が抜けて、とても色っぽい。……なあ、もっと脚を開いて」

詩乃の顔から、火が出そうなほど熱くなる。

「イヤ、恥ずかしい」

息も絶え絶えに言うが、遥斗が内腿に触れてそこを押し開いても拒まなかった。鏡に映し出された淫《みだ》らな姿態に、心臓が早鐘を打ち始める。

遥斗は詩乃の硬くなった乳首を捏《こ》ねくり回しながら、愛液でまみれた襞を擦り上げる。徐々に、詩乃の表情が艶然《えんぜん》としたものへと変化していった。

「んぁ……、そこ……っ、あっ、やぁ……」

いつもと違った快楽に引き込まれて、下肢の力が抜けてしまう。

「詩乃も俺がほしい？　早くこれで貫かれたいと？」

遥斗がこれ見よがしに腰を動かし、尾てい骨に彼自身を押し付ける。彼の硬さや太さを感じてしまい、心音が一際《ひときわ》高く弾んだ。

「……つぁ、ダメ……ッ」

爪先《つまさき》をぎゅっと丸めると同時に、遥斗が媚孔に指を挿入した。

くちゅくちゅと淫靡《いんび》な音を立ててはそこを侵《おか》し、指を曲げて潤《うる》おった蜜壁を執拗《しつよう》に擦《こす》る。そのたびに詩乃の腰が動き、また違った興奮を掻き立てられた。

「んぁ……、そこ……っ、あっ、やぁ……」

過敏に反応をするのを抑えようとして身を縮こまらせるが、濃厚な蜜戯を加えられてはどうにもならない。

濡れた膣内をまさぐり、隠れた花芯を指の腹で軽く触れられる。さらに小刻みに振動を送られると、瞬《またた》く間に燃えさかる炎に包み込まれていった。

「あっ、あっ……っん」

「可愛い声だ」

「ンっ……」

そんな風に言うなんてずるい――と鏡越しに遥斗を見つめるも、押し寄せてくる熱情に堪《たま》らず顔をくしゃくしゃにする。

緩急《かんきゅう》をつけて媚壁を擦り上げられ、腰が引けるほどの情火を送られた。

「つんぅ……ふ……っ、は……ぁ！」

間を置かずに迫りくるうねりに、淫声を止められない。

遥斗を誘っていると思われたくないのに、押し寄せる情欲の波に抗《あらが》えなかった。

その時、遥斗がぷっくり膨らんだ花芽を指の腹でかすめた。

「や……ぁ、んっ、く……っ、んぁっ！」

得も言われぬ快楽に包み込まれて仰け反ると、遥斗がもう一度そこを強く刺激した。

刹那《せつな》、びりびりとした鈍い電流が身体の芯を駆け抜けていく。

「んっぁぁ……」

詩乃は悩ましい喘《あえ》ぎを零《こぼ》して、身体を硬直させる。足元を攫《さら》う波に身を預けて、軽く達した。

静かに四肢の力を抜いて遥斗の胸にぐったり凭《もた》れると、彼が軽く指を抜き差ししてから引き抜いた。

その感触に身を震わせた詩乃の耳元に、遥斗がチュッと口づける。

「もう、俺を受け入れられるな？」

「……うん」

「少しだけ待ってくれ」

詩乃は小さく頷くと、横向きのまま軽く身体を丸めるようにして目を閉じた。その間に弾む呼吸を整える。息遣いが安定してくると、静かに瞼《まぶた》を押し開けた。

すると、遥斗がサイドテーブルに置かれた四角い小さな包みを手に取るのが鏡に映る。

小さな包み――コンドームのラミネートフィルムを破る音が聞こえる。遥斗が動くたびにベッドが揺れるが、付けている姿は見えない。

だからこそ、余計にその光景を想像してしまい、遥斗がこれからする行為が鮮明に浮かんでくる。

思わずぶるっと身震いしてしまうと、遥斗が背後から詩乃の膝に腕を入れて抱え上げた。

「えっ？」

驚く詩乃の花弁に、硬いものが触れた。そこに分け入り、狭い蜜孔にねじり込まれる。

敏感になった蜜壁を擦《こす》られ、詩乃の尾てい骨から脳天にかけて心地いいうねりが走り抜けていく。

「くッ、んぅ……、は……ぁ」

背面から突かれることで、腹部の圧迫、息苦しさ、そして薄い膜を引き伸ばされる刺激に襲われる。しかも脚を持ち上げられたまま、遥斗の怒張したものを出し入れされた。その様子がはっきり見えるせいで、視覚でも感じさせられる。

「ンっ、ンっ……、あ……っ、はぁ……んっぅ！」

瞼《まぶた》を閉じたいのに、遥斗のものが自身に埋《うず》められる光景から目を逸らせない。

生々しくて、激しくて……

そんな甘い疼《うず》きに、詩乃は声を抑えられなくなる。

「詩乃……、詩乃……！」

切なげに詩乃を呼びながら、激しく腰を動かす。

ベッドのスプリングが軋《きし》むのに合わせて、じゅぷじゅぷと卑猥《ひわい》な音が部屋中に響き渡る。協奏するように、遥斗の男らしい息遣いと詩乃の淫声もまざり合っていった。

遥斗の怒張が一層硬くなる。蜜壺を広げられる感覚に息が詰まりそうになるのに、彼を愛している最中に生まれた欲望のせいで、いつも以上に快感が増幅されていた。

ああ、どうしよう。時間をかけて愛し合いたいのにすぐにでもイッちゃう。

「お願い、もう少しゆっく……っぁ、あん……、っんふ……ぅ、は……ぁっ」

「もっと、喘《あえ》ぎを聞かせてくれ。俺の腕の中で乱れる詩乃を感じたい」

その直後、遥斗の腰つきが速くなった。

詩乃の愛液で潤《うるお》う蜜壷に、遥斗の昂《たかぶ》りが勢いよく消えては現れる。

刺激という名の尖った針で薄膜を刺せば、一気に膨れ上がった熱がはち切れてしまいそうだ。

「ダメっ……んぁ、遥斗さ……ん、ぁん、ふぁ……ぁん」

「締まってきた……。もう限界なんだな？」

詩乃の耳元で囁《ささや》く遥斗に、小刻みに頷いた。

「んぁ！　ダメ、あっ、あっ……い、イク！」

すすり泣きに似た声を漏らした瞬間、遥斗が詩乃の肩に軽く歯を立てた。

それが呼び水となって体内で蓄積する熱が弾け飛び、脳天へと駆け抜けていった。

あまりの心地よさに、一気に天高く飛翔する。無音の快楽の世界に漂《ただよ》い、数秒後に地上へと引き戻された。

詩乃はぐったりとベッドに顔を押し付け、そこが湿り気を帯びるまで荒い息を零《こぼ》す。

「ああ、詩乃が達する姿は、いつ見ても心を揺さぶられる。一度、二度……と回を重ねれば重ねるほど、君が愛おしくなる」

しっとりと汗ばんだ額《ひたい》に張り付く髪を、遥斗が優しい手つきで脇へ梳《す》いた。

少しずつ息遣いが落ち着いてくると、詩乃は睫毛《まつげ》を震わせながら首を回した。こちらを見下ろす彼の双眸《そうぼう》には、詩乃への想いが浮かんでいる。

詩乃は目を細め、後ろ手に遥斗の頭に触れた。

「わたしだって、遥斗さんにぎゅっと抱きしめてもらえるだけで胸がいっぱいになる」

「そうする相手は詩乃だけだ」

そう言って、遥斗は詩乃の首筋、肩口へとキスの雨を降らせる。一度絶頂を味わった身体は、たったそれだけで瞬時に反応した。

ああ、キスしてほしい……

詩乃は上体を捻《ひね》って仰向けになろうとしたが、そこで遥斗がまだ達していないと気付いた。まだ詩乃の膣内に埋まっており、しかも芯は失われていない。

「遥斗さん……。まだ？」

小声で訊ねながら窺《うかが》うと、遥斗が軽く腰を動かして詩乃の奥を擦《こす》る。

「ンっ！」

すぐに反応した詩乃に、遥斗が嬉しそうに微笑んだ。

「このまま二回戦に突入していいよな？」

遥斗に甘く囁《ささや》かれ、瞬《また》く間に頬が上気していく。

詩乃は返事をする代わりに、静かに頷いた。

「おいで」

遥斗は浅く腰を引き、詩乃の身体をひっくり返すと、詩乃の腕を引っ張って上体を起こす。

「っぁ……」

結合が一段と深くなり、堪《たま》らず呻《うめ》くと、遥斗が詩乃の腰に両腕を回した。

「苦しいか？」

うん――と返事をしようとしたが、遥斗の象徴が漲《みなぎ》っているのを再確認してしまい言えなくなる。

詩乃が絶頂に達するのを優先し、遥斗は自分を後回しにしたから……

「詩乃？」

名を呼ばれて、詩乃はゆっくりと顎《あご》を上げる。

遥斗は詩乃を気遣いながらも、その双眸《そうぼう》に熱い想いを宿して見つめてくる。そして、詩乃の額《ひたい》に自分の額《ひたい》を擦り付けた。軽く鼻同士を合わせては、熱い吐息を詩乃の唇に落とす。

キスを焦《じ》らす遥斗に心に潜《ひそ》む欲望を煽《あお》られて、唇がうずうずしてくる。

詩乃の呼吸のリズムが速くなってきた時、遥斗が背中を指先で撫でた。

「っあ……ん」

快《こころよ》い電流が走り、自然と顎《あご》が上がる。

「このまま君を愛したい。いいか？」

「……愛して。もう一度わたしを抱いて」

詩乃は遥斗の熱烈な眼差しを受け止めつつ、彼の首に腕を回した。すると、遥斗が詩乃を支えながら揺すり始めた。

内壁をずるりと擦《こす》られて、身体がビクッと震える。

「すぐにイッてもいいから、俺を見ててくれ」

遥斗は喘《あえ》ぎを殺そうとする詩乃の頬に愛しげに触れ、顎《あご》、首、鎖骨、そして膨らみへ指を滑らせた。アプリコット色のそこを弄《いじ》っては、軽く詩乃を突き上げる。

「っん、っん……遥斗、さん……あっ」

「もう感じてるのが伝わってくる。俺をきつく締め上げてるってわかる？」

「だって……遥斗さんに抱かれたら……っん、すぐにこうなってしまうもの！」

詩乃が正直な気持ちを告げると、遥斗が片方の眉を大げさに動かした。

「本当に俺だけ？」

「わかっているくせに。……っん……ぁ」

「これからもっとわからせてくれ」

遥斗は熱情の色が浮かんだ双眸《そうぼう》を詩乃の唇に落とし、再び抽送のリズムを刻む。

緩《ゆる》やかな間隔で打ち付けられているだけなのに、蜜壷の奥に何度も火矢を放たれ、下肢の力が抜けていった。

「はぁ……っ、ん……ぅ、ふぁ……っ」

高揚感に包まれた詩乃は、凭《もた》れるようにして遥斗を抱きしめる。

「しっかり俺に掴《つか》まってるんだ」

詩乃が遥斗の耳元で「うん」と答えると、遥斗がベッドのスプリングを利用して、さらに複雑なリズムで刻んだ。

大きく漲《みなぎ》る怒張で攻められて、快《こころよ》い潮流が絶え間なく押し寄せてくる。詩乃は無意識に昂《たかぶ》りを締め上げた。

「……っ！」

遥斗が呻《うめ》いた途端、絶妙な腰つきで律動のスピードを増す。

「ぁ……っ、んぅ……、ん……っ」

どんどん高みへと導《みちび》かれ、制御できない悦楽に囚われる。

身が焦《こ》がされるほどの甘美な痛みに、詩乃は遥斗がほしくなるのを止められなくなった。

「遥斗さん！　あっ……ん、もっと強く抱いて」

「ああ、詩乃！」

遥斗は切なげに名を呼ぶと急に身体を捻《ひね》り、詩乃を自分の下に組み敷いた。

「あっ……！」

膝の裏に手を添えた遥斗に、高く脚を持ち上げられた。彼の欲求をまざまざと見せつけられる体勢に、意識もろとも蕩《とろ》けそうになる。

「ぁん……、気持ち、いい……、っ……ぁ」

「これからもっと感じさせてあげる。その身に、俺を刻むように……」

宣言どおり、遥斗が抽送のリズムを速める。乳房が艶《なま》めかしく揺れ、硬くなった乳首が遥斗の胸板を幾度《いくど》もかすめた。

「んぁ、いや……っ、あん」

体内で蠢《うごめ》く情欲が、詩乃を呑み込もうとする。

とうとう我慢ができなくなり、遥斗が送り込む激流の渦に、詩乃は自《みずか》ら飛び込んだ。

「ダメ……っ！　あ……っ、激し……っいい」

詩乃の言葉に反応し、遥斗が再び激しい動きで詩乃を穿《うが》つ。

喘《あえ》ぎを抑えられなくなるにつれて、遠くから眩《まばゆ》い光が詩乃に接近してきた。逃げる間もなく追いつかれた途端、身が震えるほどの恍惚感《こうこつかん》に覆われる。

詩乃はすすり泣きに似た淫声を、何度も上げた。

「ンっ、あっ、あっ……んぅ、や……ぁん、……もうイク……ぅ」

「詩乃、詩乃……、愛してる！」

荒々しい腰つきで急《せ》き立てる遥斗が、二人の茂みを擦り合わせるような動きへと変化させた。

花芽に強い衝撃を送られた刹那《せつな》、瞼《まぶた》の裏で火花が散り、体内で膨れ上がった熱の膜が破裂した。

「ンっ……あぁっ！」

詩乃は嬌声《きょうせい》を上げて、空高く舞い上がった。

周囲の音が一瞬で掻き消え、得も言われぬ愉悦に、身も心も包み込まれていく。

息を弾ませながら弛緩《しかん》し、ぐったりとベッドに沈み込む。

直後、絶頂に達した遥斗が、詩乃の身体の上からゆっくりと脇に退いた。

「詩乃……」

遥斗は愛しげに名前を呼び、汗で額《ひたい》に張り付いた髪を梳《す》いた。

呼び起こされた詩乃は瞼《まぶた》を開け、自分を見つめる遥斗と目を合わせる。すると、彼は柔らかな笑みを浮かべて、詩乃の火照《ほて》った頬に指を走らせた。

詩乃はちょっとした愛撫にも胸を高鳴らせて、遥斗に擦り寄る。彼に抱かれながら満ち足りた息を漏らしたのだった。

——翌朝。

詩乃たちは国安会長を見送るため、東京駅へ来ていた。

ビジネスマンや旅行者でごった返すコンコースを通り抜け、特急が停車するホームへ上がる。

すると、列に並ぶ国安会長と須田顧問の姿が目に入った。

「会長！」

詩乃が呼ぶと、国安会長たちが振り返った。詩乃たちを認めるなり、列から離れる。

「ようやく来たか。もう来ないものと思ったよ」

国安会長が声を掛けたあと、須田顧問が遥斗に黙礼して一歩下がる。遥斗が彼に会釈《えしゃく》するのに合わせて詩乃も挨拶《あいさつ》し、国安会長に向き直った。

「来ないわけないでしょう。俺が来なければ、詩乃のミスに繋《つな》がるんですし」

遥斗の返事に国安会長は笑い、ついと視線を詩乃に移した。何故か詩乃をまじまじ観察し、不意に茶目っ気たっぷりに目を細めた。

「詩乃、あの話、やはり反故《ほご》にしていいかな？」

「あの話？　……いったいなんでしょうか」

「昨日、うちのホテルでやりとりした件だ」

それって、詩乃が国安会長のところに戻らず遥斗の傍に残りたいと話したことだろうか。

でもあの話を反故《ほご》とはいったい？

詩乃は国安会長の本意がわからず、思わず小首を傾げてしまう。

「話しただろう？　詩乃を返してもらうという――」

「駄目です。詩乃は俺の傍にいてもらいます。お祖父さんのところには戻しません」

遥斗が国安会長の言葉を遮《さえぎ》り、はっきりと口にした。

突然のことに、詩乃は目をぱちくりさせるも、すぐに遥斗の素直な気持ちに喜びが湧いて口元がほころぶ。

国安会長はというと、遥斗の態度に驚いてもいなかった。ただ穏やかな表情のまま、彼に問いかけるように片眉を大きく動かす。

「遥斗。詩乃は私のところに就職したんだ。用が終わったなら……戻すべきだと思わないか？」

「だったら、最初から詩乃を俺の個人秘書にするべきではなかった。そもそもお祖父さんが俺のところに寄越した結果がこれ――」

とそこまで言った途端、遥斗が目を見開き、出かかった言葉を呑み込むように口をゆっくり閉じていく。

そんな遥斗に、国安会長が大声で笑いながら彼の肩を優しく叩いた。

「私は、その結果を望んでいたんだよ。何故なら――」

続いて説明しようとすると、言葉を掻き消すようにホームに発車のアナウンスが流れ始めた。

「会長。もう行きませんと」

傍に控えていた須田顧問が、にこやかに国安会長を促《うなが》す。

「そうだな。……遥斗、私に何か言いたいことがあれば、孫であろうと礼儀を尽くせ。どうすればいいのか、わかるな？」

「はい」

遥斗が素直に返事すると、国安会長は満足げに頷き、そのまま特急に乗車して振り返った。

詩乃は須田顧問に近づき、手土産《てみやげ》を渡す。そこには、国安会長が好きなワッフルと、ホットコーヒーが入っていた。

「どうぞ車内で食べてください」

「ありがとう、詩乃」

国安会長に礼を言われて、詩乃は笑顔で頭を下げる。

その時、発車のメロディーが響き渡った。

「お身体には気を付けてください。必ず……詩乃と一緒に伺います」

「待ってるよ」

直後ドアが閉まった。特急電車はゆっくりと動き出し、スピードを上げていく。

詩乃たちは車体が見えなくなるまでその場で見送っていたが、不意に遥斗が詩乃の肩を抱いて傍に引き寄せた。

「夏期休暇中に、軽井沢にいる祖父に会いに行こう」

「週末ではなく？」

「ああ。どうせ、祖父は詩乃を返すと決めた期限までは動かない。さっきの話は、俺が詩乃との関係をどうするのか、はっきりさせろと暗に伝えるために出しただけだ。特別な日……俺の誕生日に詩乃と一夜を過ごしたと知ったから」

「一夜を過ごしたって、えっ？　どうしてバレたんですか⁉」

驚く詩乃に、遥斗が苦笑いする。そして、それぐらいわからないのかと言わんばかりに、詩乃の頬を突《つつ》いた。

「詩乃が祖父とラウンジで会ったのは昨日だろう？　そして今日、俺と一緒に見送りに来たけど、服は同じだ」

詩乃が息を呑む横で、遥斗が笑い声を漏らした。

「祖父の観察眼は本当に鋭い」

「……遥斗さんも負けてませんよ」

そう、負けていない。国安会長の真意を読み取れるのだから……

詩乃はゆっくりと顔を上げて、遥斗を仰《あお》ぎ見る。

遥斗の双眸《そうぼう》に宿る真摯《しんし》なものは、国安会長の瞳とそっくりだ。それぐらい、二人は似ている。だからこそ、お互いに何をしようとしているのか察することができるのかもしれない。

「毎回最初の数手には気付かず、やられっ放しだったけどな」

拗《す》ねたように肩を落とす遥斗を見て、詩乃は頬を緩《ゆる》める。

「次はどんな手を使うんでしょうね。挨拶《あいさつ》へ伺うのが今から楽しみです。……でももし、その時に国安会長がわたしを連れ戻すと言ったら？」

「そうだな。……そうしたら、一緒に逃げるか？」

そうなるのが今から楽しみだとばかりに、遥斗が意気揚々と答える。彼らしからぬ返答に驚いたが、それは冗談だと彼の顔つきでわかった。

詩乃は言葉遊びに興じるように、遥斗に体重をかけた。

「逃げられるんですか？」

「逃げられるのではなく、逃げさせてくれる。君は祖父が可愛がる元個人秘書で、祖父が認めた一人。そして、その人こそ俺が愛してやまない女性だと知ってるから」

遥斗の言葉が胸に浸透するにつれて、なんとも言えない喜びに包まれていく。

それをどうにかして伝えたくて、詩乃は彼の腰に片腕を回した。

「会長ならそうさせてくれそうですが、その前にわたしからきちんと自分の気持ちを伝えます。愛する人に出会わせてくれてありがとうございます……って」

詩乃の肩を抱く遥斗の表情が、いつの間にか真剣なものに変わっていた。

遥斗は詩乃と向かい合わせになり、詩乃の頬を包み込む。

「そうだな。俺も感謝しないと……。詩乃、俺は詩乃を離すつもりはないからな。もう君以外の女性を愛せない」

この愛をわかってくれるか？　――そう言わんばかりに、遥斗はそっと詩乃の唇に指を這わせた。

その触れ方にドキドキしながら、詩乃は軽く頷く。

「お願い、一生わたしを離さないで」

お互いに相手への愛情を目に湛《たた》えながら微笑み合い、しばらく見つめ合う。

そして二人の重なった道を一緒に歩むように手を繋《つな》ぎ、ゆっくりとホームを歩き出したのだった。

漫画 小立野みかん
Mikan Kotatsuno

原作 綾瀬麻結
Mayu Ayase

鳴海《なるみ》優花《ゆか》には、学生時代ずっと好きだった男性がいた。その彼、小鳥遊《たかなし》に大学の卒業式で告白しようと決めていたが、実は彼には他に好きな人が……。失恋しても彼が心から消えないまま時は過ぎ二十九歳になった優花の前に、突然小鳥遊が！　再会した彼に迫られ、優花は小鳥遊と大人の関係を結ぶことを決め――

B6判　定価：本体640円+税　ISBN 978-4-434-27513-5

エタニティ文庫

エタニティ文庫・赤

片恋スウィートギミック

綾瀬麻結

装丁イラスト／一成二志

都会で働く、29歳の優花《ゆうか》。大学を卒業して何年もたつというのに、まだ学生時代の実らなかった恋を忘れられずにいる。そんな優花の前に、ずっと思い続けていた相手、小鳥遊《たかなし》が現れた！　再会した彼に迫られ、優花は小鳥遊と大人の関係を結ぶことを決める。躰だけでも、彼と繋がれるなら……と考えたのだ。そんな優花を、小鳥遊は容赦なく乱して――

エタニティ文庫・赤

辣腕上司の甘やかな恋罠

綾瀬麻結

装丁イラスト／ひのき

ＩＴ企業で秘書をしている32歳の藍子《あいこ》は、秘書室内では行き遅れのお局状態。それでも、自分は仕事に生きると決め、おおむね平穏な日々を過ごしていた。そんな藍子がある日、若き天才・黒瀬の専属秘書に抜擢される。頭脳明晰で、外見も素敵な黒瀬。その彼が、何故か藍子に執着し始めて……？　恋枯れＯＬと凄腕ハッカーの、駆け引きラブストーリー！

※エタニティブックスは大人の女性のための恋愛小説レーベルです。ロゴマークの色で性描写の有無を判断することができます（赤・一定以上の性描写あり、ロゼ・性描写あり、白・性描写なし）。

詳しくは公式サイトにてご確認ください。
https://eternity.alphapolis.co.jp/

携帯サイトはこちらから！

この作品に対する皆様のご意見・ご感想をお待ちしております。
おハガキ・お手紙は以下の宛先にお送りください。

【宛先】
〒150-6008 東京都渋谷区恵比寿4-20-3 恵比寿ｶﾞｰﾃﾞﾝﾌﾟﾚｲｽﾀﾜｰ 8F
（株）アルファポリス　書籍感想係

メールフォームでのご意見・ご感想は右のＱＲコードから、
あるいは以下のワードで検索をかけてください。

アルファポリス　書籍の感想　検索

ご感想はこちらから

君《きみ》には絶対恋《ぜったいこい》しない。

綾瀬麻結（あやせ まゆ）

2021年 2月 25日初版発行

編集－羽藤瞳
編集長－塙綾子
発行者－梶本雄介
発行所－株式会社アルファポリス
〒150-6008 東京都渋谷区恵比寿4-20-3 恵比寿ｶﾞｰﾃﾞﾝﾌﾟﾚｲｽﾀﾜｰ8F
TEL 03-6277-1601（営業）　03-6277-1602（編集）
URL https://www.alphapolis.co.jp/
発売元－株式会社星雲社（共同出版社・流通責任出版社）
〒112-0005 東京都文京区水道1-3-30
TEL 03-3868-3275
装丁イラスト－相葉キョウコ
装丁デザイン－ansyyqdesign
印刷－図書印刷株式会社

価格はカバーに表示されてあります。
落丁乱丁の場合はアルファポリスまでご連絡ください。
送料は小社負担でお取り替えします。

ISBN978-4-434-28514-1 C0093